持續狩獵史萊姆三百年，
不知不覺就練到LV MAX
3
Average 25×
365 days×
300 years×
(EXP2＋2)＝Lv.99
illust. 紅
Morita Kisetsu
森田季節

Contents

Story by Morita Kisetsu Illustration by Benio

She continued destroy slime for 300 years

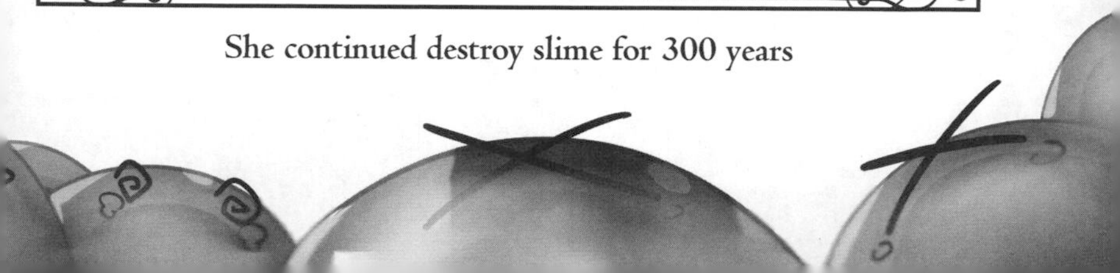

餅乾店「魔女之家」開張囉！
會大賣的是芙拉托緹製作的！
這藍龍真沒禮貌！
每一種都好好吃♥

紅龍女孩
萊卡
高原魔女
亞梓莎
©Benio

藍龍女孩
芙拉托緹
精靈配藥師
哈爾卡拉
©Benio

小女子同樣為了這一天，
一直努力修行啊！
對我這個敵人太雪中送炭，
妳會後悔喔。
©Benio

決定以餅乾一較高下

She continued destroy slime for 300 years

身體被緩緩地大力搖晃。

感到微妙地快撕裂身體的奇怪力量，這究竟是怎麼回事……？

睜開眼睛一瞧，只見法露法與夏露夏站在我的兩側，搖晃躺在床上的我。

不過，兩人搖動的力道不平均，施加在身上的力量讓身體一下子朝中央收縮，一下子反而快朝外側被撕裂。

「嘿喲。」

「……嘿喲。」

「嘿喲。」

「……嘿、嘿喲。」

只有夏露夏這邊總是慢一拍！

宛如雙胞胎的兩人連在這種地方都表現出個性呢——不過現在可不是感慨良多的時候。

「會痛的，拜託別再搖晃了！」
「啊，媽媽醒了！」
「太好了，太好了。」
法露法一臉笑咪咪，夏露夏的嘴角浮現些許笑意。
其實夏露夏的感情表現已經愈來愈豐富了，畢竟以前連笑容都十分難得一見。
「因為媽媽一直睡，都沒有起床，擔心媽媽才來叫醒喔。」
「早就已經到了早餐時間，以起床時間而言算晚了。」
真的假的。我一看時鐘，的確比平時晚了一個半小時。
「啊，對喔……畢竟才剛從魔族城堡回來呢……」
由於在魔族城堡發生了許多事，真的發生過好多事情，累積了不少疲勞吧。似乎在熟悉的床上睡得很香甜。
「今天的早餐值日是誰？應該不是我吧……」
在我們高原之家，三餐採值日制度。記得今天好像由萊卡負責，不過萊卡能確實起床嗎？
前往餐桌後，發現桌上放了大量的餅乾。
與其說放置，其實是堆放。

而且還分別堆放在兩個大盤子上。

這是什麼啊……差點以為要做生意呢……該不會要舉辦大胃王大賽之類……？

「啊，亞梓莎大人，早安。」

萊卡也露出些許疲勞的神情，但多半是旅行的勞累吧。

老實說，外出旅行不疲勞才是怪事。

「萊卡，這堆餅乾是怎麼回事？雖然早餐吃餅乾也不是不行。」

除了口渴以外，餅乾倒是沒什麼壞處，反而營養價值似乎頗高。

「其實呢，這些——」

打斷萊卡的話，新面孔從萊卡後方探出來。

「主人，請享用芙拉托緹製作的餅乾吧！」

這孩子叫做芙拉托緹。與萊卡不一樣，變成人形後不只有角，甚至還長了尾巴，非常顯眼。

「肯定比萊卡製作的餅乾更好吃才對！」

芙拉托緹試圖推開萊卡，但是不認輸的萊卡站穩腳步。

「沒有這回事，吾人的餅乾比較美味。畢竟連亞梓莎大人喜歡的口味都早已瞭若指掌。」

「哼，那只是不想說得太直白才誇獎美味的！」

「真沒禮貌！這就是藍龍的缺點！」

結果兩人就這樣「唔唔～」互瞪彼此。

噢，聽這番爭論大致掌握了事情的輪廓。

話說回來，從魔族領地回來的時候，她們兩人好像在利維坦上提議展開甜點對決。

當時以為是一時衝動下脫口而出，但似乎真的要舉辦。

「我知道了，那就公平決定誰做得比較美味吧。」

兩人都點點頭表示同意。

總覺得她們出乎意料地有默契呢。畢竟都是龍族，有默契其實也不足為奇。

「那麼由我、哈爾卡菈、法露法與夏露夏四人決定誰的餅乾比較美味——」

「這樣不太好呢。」「吾人也這麼認為。」

被兩人否定了。果然很有默契嘛。

「芙拉托緹終究希望主人能感到美味而製作餅乾，因此想看主人的反應。」

© Benio

「吾人也以亞梓莎大人的口味製作。而且四人評審的話，可能會以平手告終。」
這樣發展下去，不論結局為何都有遺憾呢……
我一就座，兩個盤子上就分別放了幾片餅乾。
為了維護公平性，特地讓人不知道哪些是誰製作的。
「主人一定會選擇我製作的餅乾！」
「考慮到亞梓莎大人與吾人長時間的交情，妳是不會有任何勝算的！」
拜託妳們兩人別互相敵對，否則我怎麼美味地享用餅乾呢……
總之，來嘗嘗晚了一些的早餐吧。只要餅乾美味，一切都好辦。
先品嘗的是右邊盤子裡的。
「哦，奶油風味十分濃郁，口感很輕盈。相當不錯呢。」
接連吃了大約三片，水準的確相當高。
如果表達喜悅的話就知道誰是製作者了，因此兩人都表情老實地沉默。
接著我品嘗左邊盤子裡的。
「這一道加了磨碎的炒豆子吧，真是有趣的口感。該怎麼說呢，感覺很像日本有賣，在麵團加入碳酸水製作的甜味仙貝呢。」
以前有碳酸仙貝這種薄而脆的甜味仙貝，去有馬溫泉的朋友帶回來當伴手禮送過我。

「亞梓莎大人，請問是誰獲勝呢？反正一定是吾人獲勝吧。」

萊卡站在我的面前。

讓她這一說……還真難選擇呢……

應該說，雖然外觀都是餅乾，但是概念差異比想像中還要大。

就像討論國語與數學誰比較強一樣，很難得到答案。

因此，難以決定哪一邊比較美味。

「好啦，究竟是哪一邊呢？獲勝的是芙拉托緹對吧！」

芙拉托緹似乎也充滿自信，來到我的面前。

該怎麼辦呢……希望能避免猶豫不決的答案傷害其中一人……如果味道有明顯優劣之分，或許還可以悠哉地宣布……

在我猶豫之際，兩人的表情倒是特別充滿了自信。

一言以蔽之，就是得意洋洋。

「肯定是吾人的勝利。」

「當然是芙拉托緹囉，我甚至都已經準備好開心地吶喊了呢！」

不要兩人同時發表勝利宣言啦！

會愈來愈難開口耶！

沒辦法。事到如今，使用密技吧。

我當場站起來。

兩人的視線集中在我身上。

「這場勝負——因為很美味，兩人都獲勝！」

既然難以評定勝負，我就全力逃避！

這樣就對了！我可沒耍賤喔！我要選擇難過的人比較少的方式！況且真的很難判斷嘛！

「亞梓莎大人，哪有這樣的啦……」

「主人，這時候可以狠下心沒有關係。」

果然，兩人都感到不滿嗎？不對不對，怎麼可能狠下心來呢。

「太過高傲自滿的人終將哭泣，此乃因果報應。」

「只不過因為住得稍微久一點，就高高在上的傢伙閉嘴。」

「拜～託～喔～因為妳們兩個都這樣說，才讓我難以選擇啊！」

妳們也為做出選擇的我著想好不好。

「更何況平平是餅乾，但是兩者的概念明顯差很多呢。就像有人要妳們決定蛋包與炸雞哪一種比較美味，不是會傷腦筋嗎？」

「吾人會選擇蛋包。」

「芙拉托緹也會選蛋包。」

比喻失當。

我知道萊卡喜歡蛋包飯，難道龍族有很多蛋包飯的粉絲嗎？

話雖如此，我也明白她們不滿意平手的結果，所以想好了對策。

「我說啊，在弗拉塔村販賣這些餅乾，以銷售額決定勝負如何？」

我的提議可能出乎意料，兩人都一臉不解。

「畢竟味道的方向性不同，個人很難決定，但從銷售額就能判斷了吧？要不要以此一較高下？」

「既然主人這麼說，芙拉托緹就沒有意見。」

「吾人會壓倒性勝利，讓妳見識實力差距！」

好極了，這樣我就不必當壞人了。

而且，這種方法還有額外的好處。

芙拉托緹剛成為家人，希望有機會介紹給弗拉塔村。

烤餅乾販賣的話，對首次接觸而言應該很不錯。

當天中午我前往村子，向村長徵求使用空屋的許可。

不過，村子裡也有不少人上午購物後下午不出門，因此比賽定在隔天。

而且還要追加製作販賣用的份，以時程而言應該ＯＫ。

附帶一提，加了炒豆子像是甜仙貝的餅乾，是萊卡製作的。似乎原本就是位於火山的溫泉一帶製作的商品。這麼說來，可能真的與日本溫泉地區販售的仙貝由來相同也說不定。

◇

到了隔天。

在弗拉塔村開設「餅乾店魔女之家」。

雖然店名單一，餅乾卻分開來結帳。兩人都販售裝在袋子裡的餅乾。

「各位，這是遠比旁邊賣的餅乾更美味的餅乾喔～！」

「這是比旁邊賣的餅乾好吃到下巴都會掉下來的餅乾喔！」

拜託妳們兩個別趁宣傳的時候貶低對方好嗎！

這麼一來我也不用肩負責任，可以輕鬆觀察動靜。

附帶一提，擔任裁判的幽靈羅莎莉在販售現場飄盪，確認是否有違規行為。

雖然認為再怎麼樣，也不至於發生這種事，但這也是防止落敗的一方指控對手作弊。畢竟雙方都不服輸，很難說沒有可能性。

「兩人的餅乾真的都好好粗喔。」

哈爾卡菈各買了一包雙方的餅乾，一邊吃一邊開口，聽不太懂。

法露法與夏露夏也從袋子裡取出餅乾，不停往嘴裡塞。

「法露法多了點心可以吃，真是幸運呢！」

「太好了，法露法。之後再拜託她們多做一點吧。」

起先顧客也三三兩兩，不過弗拉塔村居民一旦有任何話題就會迅速蜂擁而至，因此人群逐漸聚集而來。

「哦，魔女大人之家這次製作了餅乾嗎？」「我看看，就讓我各買一包吧」「好，我也各買一包吧。」

雙方的餅乾似乎都販售得十分順利。

另外明明是在賣餅乾，卻覺得男性顧客特別多。

「萊卡妹妹比較可愛吧。」「新來的女孩比較有姊姊風範。」「喂，要打架喔？」

「你根本就是衝著哈爾卡菈小姐來的吧！」

原來如此，還有這種堪比偶像的人氣啊，因為我們家裡只有女孩子居住呢。

不過，還有散發類似氣氛的女孩也跟著排隊。

「要當妹妹的話肯定是萊卡妹妹吧。」「那女孩太刁鑽了。新來的女孩比較好。」「尾巴不就是刁鑽的象徵嗎？」「這種符號就免了。以姊姊的身分，撫摸那條尾巴才好吧。」

總覺得，世界上真是各種性癖的人都有……

兩人的確都十分可愛，會吸引人氣也不足為奇。

萊卡從外表看起來像是剛升國中。

另一方面，芙拉托緹的容貌顯得比她略大一點，介於國高中之間。

在我看來，就像是兩個妹妹互相爭奪身為長女的我，感覺並不壞。

「啊，師傅大人。您剛才露出了有些賊賊的表情呢。」

結果被哈爾卡菈糾正了，可能讓她看到了不該看的部分……

「我在計算當月營收的時候，也會露出相同的表情。」

「原來妳也會喔。」

「還好啦，不過對萊卡小姐而言，芙拉托緹小姐的加入或許是不錯的刺激吧？」

哈爾卡菈看著兩人販賣餅乾的模樣同時開口。

確實，雖然正在一較高下也是原因之一，但萊卡的表情似乎比平時更加生氣蓬勃。

「妳觀察的地方還挺實在的呢。」

「因為我想過在餅乾裡加入草藥的話，或許可以打著對健康有益的口號，賣給重視健康的客群呢。」

「原來是生意經喔！」

不過，有競爭對手或許真的是好事。

雖然也有與自己戰鬥這種表現方式，但人類其實很難與自己對抗。正因為是自己而姑息放縱的人多得太多了。

所以對手在外部會比較容易努力。

剛才我以姊妹比喻兩人，或許並非完全錯誤喔。

附帶一提，餅乾的評價似乎也相當良好。聽到村民們如此表示——

「剛才買的餅乾很好吃，小孩子要求再來買一包。」「剛才試吃過，決定購買啦！」

其實我昨天試吃的時候，就認為絕對會大賣呢。

正好，哈爾卡菈手上的餅乾吃光了。

「那麼我再去排隊，各買一包喔。」

「哈爾卡菈姊姊，各買兩包吧！」

法露法提出要求。

看來光是自己家裡就消費不少呢……

兩人可能都很有自信，似乎製作了相當多的餅乾，即使販賣情況不錯，卻到傍晚都還有剩。

終於，到了太陽下山之前。

最後的客人各買了一包，勝負就此結束。

「以售完的時間點而言，平分秋色呢。」

「反正沒有以銷售額定勝負就毫無意義，時間其實無所謂。畢竟如果比賣完的速度，只做少量販售反而比較有利。」

兩人的餅乾都賣三百戈爾德，以日圓計算不過三百圓。由於兩人定價都一樣，賣得多的人在金額方面也會超越對方。

「販賣時沒有任何作弊行為。我羅莎莉親眼見證。」

裁判羅莎莉表示，在規則上沒有問題，因此開始計算銷售額。

「算錢應該是我最快，就讓我來吧。」

哈爾卡菈迅速排列大量銅幣與銀幣開始清點。不愧是生意人，動作相當快。

兩人都緊張地提心吊膽注視情況。

「吾人是不可能輸的，況且吾人也獲得弗拉塔村的各位信賴。」

「又沒人當妳是餅乾師傅吧，我芙拉托緹在品質上才是壓倒性勝利。」

「話說這場比賽，贏的一方有什麼好處之類嗎？」

「話說回來，倒是沒有決定呢……要現在決定嗎……」

兩人開始討論些什麼。

頂多就是落敗的一方彈一次額頭之類吧。

大批村民不知不覺集中在店鋪旁，大家似乎都對哪一方獲勝很感興趣。

其中甚至有人製作了「芙拉托緹加油」或是「萊卡妹妹掌握榮耀」之類的旗幟。

村民只要一有機會可以慶祝，馬上就跑來湊熱鬧呢……

「好，銷售額算完了。由於總金額相同，因此以片數發表喔。」

聽到哈爾卡菈的話之後不只兩人，所有人都跟著注視她。

「首先，萊卡小姐，總計三百片！」

村民們也發出「噢噢！」的歡呼聲，連我都感到驚訝。照理說，村民人口絕對不到三百人，代表甚至有不少人買了許多片。

還有，準備三百片餅乾的萊卡也很厲害，可能相當自信會大賣吧。

「原來做了這麼多嗎？吾人完全沒有注意到數量呢。」

萊卡吐露真相，畢竟一般而言實在做太多了。

「我芙拉托緹也沒有考慮數量呢。認為好東西就會大賣，如此相信並製作。」

以結果而言似乎雙方都ＯＫ。

「緊接著，是芙拉托緹小姐。」

眾人的視線都集中在哈爾卡菈身上。

兩位當事者似乎再也無法維持從容的態度，露出祈禱般的表情。

那麼，究竟是誰會贏呢？

不知為何，在回答前一刻，哈爾卡菈開心一笑。

「想不到，一樣總計三百片！所以說，雙方平手！」

出乎意料的結果！

對觀眾而言似乎是最有趣的發展，發出「喔噢噢噢！」的歡呼聲。

就像高中棒球的兩隊王牌相互投球，難分軒輊決定改日再戰一樣！

另一方面，兩人面面相覷。

「這種情況該怎麼辦才好呢……？」

「一如字面，就是平手。等待下回分解吧……」

某種意義上，可以說不負我之前說過的不分勝負吧。

我介入兩人之間，各牽起兩人的一隻手。

「這場勝負，兩人都獲勝！各位，請給予熱烈的聲援與掌聲！」
配合我的聲音，響起如雷的掌聲，甚至還有人吹起事先準備好的管樂器。
「還有，這孩子是高原之家的新成員，藍龍芙拉托緹！各位要好好呵護她喔！」
四周進一步響起歡呼。
有人喊出「歡迎！」「弗拉塔村是好地方喔！」
「啊，主人，難道您早就事先計畫到這一步了嗎……？」
芙拉托緹似乎終於看出我的計謀了。
「沒錯，對於讓芙拉托緹受到弗拉塔村的接納，不是剛剛好嗎？」
雖然沒有考慮到計畫這麼詳細，但我與弗拉塔村的關係可是持續了長達三百年。信賴關係十分深厚。所以即使歪打，大致上都能正著。
芙拉托緹有些熱淚盈眶。
「雖然對新生活還有幾分不安……但果然，主人真的好偉大……太偉大了！」
然後芙拉托緹直接摟住我。由於她是藍龍，撲上來的勁道很強，但我畢竟是狀態超強的人類，還勉強撐得住。
「好了好了，沒什麼好哭的嘛。」
「我會一輩子追隨主人！」
這孩子比想像中還愛撒嬌呢，之前的人生過得太逞強了也說不定。

「等一下，妳這是犯規吧！不公平！」

不知為何，萊卡表達抗議。芙拉托緹感到不安是事實，身為前輩的萊卡也該讓讓她。

不過，有一句話倒是讓我在意。

「犯規是什麼意思？」

「之前說好，贏得這場勝利的人可以抱緊亞梓莎大人十分鐘。」

什麼啊，頭一次聽說……而且沒徵得我同意……

還有，太久了。十分鐘太久了。

不過兩人的確都努力過，之後也讓萊卡緊緊摟住我。

◇

當天晚上，我的寢室人口密度增加了一些。還有床鋪也窄了一點，但這也沒辦法。

因為萊卡與芙拉托緹躺在我的兩旁。

「來，三人相親相愛，躺成『川』字睡覺吧。」

「川字是什麼意思呢？」

「吾人也不明白。」

話說這是漢字的表現方式呢。而且川字的中央是最小的小孩，反而相反呢。感覺比較像『小』字。

「像這樣睡在同一張床上，很像三姊妹吧。以身高而言，我是長女，芙拉托緹是二女，萊卡是三女，意思是三人相親相愛。知不知道？」

「知道了，主人……」「悉聽亞梓莎大人吩咐……」

「那麼，今天就一起睡覺吧！」

我有種左摟右抱的感覺，同時進入了夢鄉。

做了個三姊妹一起在咖啡廳享用茶飲的開心夢境。

「呼啊～睡得真好。」

隔天，我從熟睡中醒來。不過，兩側似乎並非如此。

「芙拉托緹根本沒有睡……」

「吾人也一樣……」

兩人似乎根本睡不著。

「該不會床太小了吧……？若是這樣的話，抱歉喔。」

「不……是因為想到與主人睡在同一張床上，始終無法冷靜下來……而且，主人還散發好香的氣味……」

「吾人實在太高興，太開心了，覺得睡著很可惜，才一直醒著……」

兩人的反應都特別誇張呢。

「既然這樣的話，一個月一次倒是無妨。」

老實說，在芙拉托緹加入後，這樣也變得容易許多。

以前如果要與萊卡同寢的話，自己畢竟正值妙齡，況且即使都是女性，還是有種稍微分清楚比較好的感覺。

不過變成三個人的話，反而像女生聚會，比較不會反感。

「真、真的嗎！剛才這番話當真嗎！」

「芙拉托緹，反應太誇張了喔……」

尾巴搖晃得很用力呢……原來那條尾巴，能這樣與身體分別活動啊。好像貓的尾巴，雖然兩者差別很大。

「對啊，妳應該再稍微，怎麼說呢，更嫻淑文靜些…………」

說著，連萊卡的臉都變得通紅……

三姊妹的姊姊果然會受到妹妹的仰慕嗎？

這時，萊卡難得打了個大呵欠。

「明天的準備結束後，今天就早點就寢吧……」

「也對……這一點贊成萊卡……」
芙拉托緹也一臉睏意。
「咦？明天的準備是什麼意思？」
今天應該輪到我負責準備三餐。
「亞梓莎大人，由於餅乾太受歡迎，因此暫時變成隔日製作。」
這麼受歡迎喔！
糟糕，想不到會如此廣受好評，原本只想當作一日限定的企劃呢。
「附帶一提，明天似乎要在納斯庫堤鎮販賣。今天必須去採買才行。雖然睡眠不足，但是芙拉托緹會努力……呼～啊！」
芙拉托緹跟著打了個大呵欠。
我也感到責任在身，因此幫忙擔任販售人員與製作等。

◇

將餅乾帶到城鎮販售的日子比在村裡賣得更好。
老實說，光靠販售餅乾賺的錢就足以維持生活。
哈爾卡菈還說出「如果能大量生產，賣到全國的話可不得了喔」這種很有社長風格的話。

「不能這樣。若沒有一片片注入愛情製作，就無法烤出好的餅乾。」

「我芙拉托堤的餅乾只有我芙拉托緹才會做。換其他師傅做，味道就會變差。」

兩人都說出有模有樣的豪語。

「師傅大人，她們兩個是不是都開啟了奇怪的開關啊？變得好像餅乾專家一樣呢？」

「表情確實可能也變成做這一行三十年的老師傅了……」

之後，餅乾依然順利銷售到各地。應該說賣得太火熱了。

連州首府維達梅都來徵詢開店，我們在州內逐漸變成為人所知「提到龍族就想到餅乾呢」。

然後，有一天再度回到弗拉塔村，販售餅乾。

「師傅大人，果然變得很奇怪呢……」

哈爾卡菈視線的彼端，是開店前大排長龍的隊伍。

「對啊，再怎麼說買氣都過熱了……」

由於連日勞動，龍族兩人都露出了些許疲態。

不過，由於做多少就賣出多少，才會不停做個沒完。

「如果不喊停會累倒的啦……雖然龍族不至於過勞死吧……」

「也對……可能該想想辦法才行了……」

不過，就在開始販售後沒多久，村子的氣氛突然變得怪異。

而且連原本晴朗的天空都頓時變暗。

「奇怪，我有種脊背發涼的惡寒……」

哈爾卡菈忍不住渾身打顫。

的確感受到某種不吉的氣息。

「姊姊大人，好久不見了呢。」

這名頭上長著羊角的女孩是普羅瓦托・佩克菈・埃莉耶思，通稱佩克菈。

在佩克菈身旁，負責撐陽傘的則是別西卜。

別西卜身旁還有利維坦族的瓦妮雅撐陽傘，活像俄羅斯套娃。

「哇～！怎麼特地跑到這裡來!?」

「聽說這裡在賣最近正夯的餅乾，才跑來嘗嘗看。而且搭乘利維坦來喔。」

啊！正以為天空哪來的烏雲，原來是利維坦啊！既然瓦妮雅以人的外表現身，代表大家搭乘姊姊法托菈前來嗎？

「魔王大人一出巡就會引發騷動，拜託別這樣好嗎……」

© Benio

「希、希望能平安落幕……」
別西卜嘆了一口氣，瓦妮雅可能因為與魔王同行而感到害怕。
「呵呵，在這裡排隊就行了吧。偶爾就像平民一樣排排隊吧。」
佩克菈彬彬有禮地排在最後面。
不過，即使是普通村民，似乎都明白魔王的可怕。
「喂、喂……魔族就在後面！」「還以為天上有什麼，那不是巨大的魔族嗎！」
「是傳說中的利維坦！」
村民都嚇得要死。雖然應該也有人認識別西卜，但是利維坦的衝擊似乎比較大。
結果，佩克菈笑咪咪地向村民表示。
「各位好。我是魔王喔。」
「是魔王！」「世界完蛋啦！」「沒救啦！」「高原魔女大人，快打倒魔王吧！」
原本排隊的村民們，頓時臉色發青逃竄。
轉眼間隊伍就剩下十人左右。
反過來說，是逃跑到只剩下十人吧。
「啊，這樣應該很快就能買到呢。太好了。」
佩克菈露出幸運的表情，但我看穿她的意圖了。
「妳是故意嚇唬村民，好來到隊伍前面的吧……會搭乘利維坦前來也是這個原因……」

「我聽不懂您在說什麼呢，姊姊大人。」

看妳的表情根本心知肚明吧。

真的，這個魔王就會做這種事。

另一方面，芙拉托緹與萊卡看到顧客驟減，都一臉茫然。

「看來會有存貨呢，該怎麼辦呢，萊卡……」

「傷腦筋呢……」

雖然當天的存貨由佩克菈包辦，但因為魔王跑來一事傳開，要求製作餅乾的聲音都大致跟著平息。

佩克菈跑來的確造成麻煩，不過兩人得以從長時間勞動解脫，這一點還不錯。

今後大約一個月一次，悠哉地在村子裡販售。

亞梓莎・埃札瓦（相澤梓）

本書主角。一般以「高原魔女」之名為人所知。轉生成為永保十七歲容貌，長生不老魔女的女孩（？）。不知不覺中變成世界最強，也遭遇過不少麻煩，但因此擁有了家人，非常開心。

堅持下去就是力量。
我只做能堅持下去的事情！

亞梓莎大人，今天依然
誠心誠意，努力精進！

萊卡

龍族女孩，高原魔女亞梓莎的徒弟。一本正經又相當自我感覺良好，卻是認真而努力不懈的好孩子。非常適合哥德羅莉或女僕服等輕飄飄的褶邊服裝（本人倒是十分害羞）。

女兒沒辦法從史萊姆變回來

She continued destroy slime for 300 years

餅乾騷動落幕，高原之家也跟著恢復平靜的日子。

我在從窗戶照進室內的朝陽中醒來。

「對了，對了，今天三餐值日輪到我，得趕快準備才行。」

就在我即將離開房間時。

——咚咚咚！咚咚咚！咚咚咚！

有人重重地敲門。

究竟是什麼事？

「不、不好了！不好了！媽媽！媽媽！」

這個聲音是夏露夏，宏亮的聲音帶有平時的夏露夏難以想像的感情。不過，現在不是吃驚的時候。發生了某些異常情況！

「怎麼了，夏露夏！」

我一打開門，發現夏露夏嗚咽哭泣。

該不會是姊妹吵架？雖然完全沒有她與法露法吵架的印象。

「……嗚……嗚嗚！怎麼辦，怎麼辦……」

然後直接摟住我。我對情況還是一頭霧水。

「夏露夏，冷靜一點，媽媽也不知道究竟發生了什麼。」

「姊姊她……姊姊她……」

「與法露法吵架了嗎？」

「不是……」

這麼說，掉眼淚的意義並非姊姊做了什麼很過分的事。

如此一來，腦海裡剩下有些可怕的可能性。

「法露法發生了什麼事嗎？」

夏露夏似乎還十分慌張，不過點了點頭。

若屬實，就不能這麼悠哉了。

我立刻走出房間。

以普通感冒之類而言，夏露夏的反應太過誇張。雖然很難想像，但該不會發生了更嚴重的事吧？

「法露法，究竟怎麼了!?」

——結果，發現走廊上有不自然的東西。

一隻藍色的大史萊姆蹦蹦跳跳。

仔細一瞧後，看得我好想吃蕨餅，但這也不是什麼能等閒視之的事。

「為什麼家裡會有史萊姆啊，不狩獵不行吧。」

難道史萊姆會像蟲子飛進房間一樣跑進室內嗎？真搞不懂史萊姆的想法。

夏露夏迅速從後方跑來。

緊緊從身後摟住我，看來似乎試圖阻止我。

「媽媽，不行！不行！」

「為什麼呢？難道研究過那隻史萊姆之類？」

「因為……………那是姊姊。」

…………

…………

「抱歉，媽媽聽不太懂妳的意思。」

「姊姊早上醒來，就變成史萊姆了……」

怎麼會呢？因為左看右看，都是普通的史萊姆。

只見史萊姆蹦蹦跳跳接近。

然後主動磨蹭我。

至少似乎沒有攻擊的意圖——雖然不知道能否如此判斷，但應該不是攻擊，而是

© Benio

玩耍之類的行動吧。
史萊姆的強弱在RPG中似乎差異相當大，不過至少在這個世界是最弱的魔物。
「欸，妳真的是法露法嗎？」
蹦～蹦～
史萊姆使勁跳了跳。
即使缺乏根據判斷這是否表示肯定，但總覺得很像是。
「該、該怎麼辦……」
總之我試著撫摸。史萊姆跟著反應，這次左右搖晃。應該是在高興吧，好像與野生史萊姆的動作不一樣。
「被撫摸會感到高興的話，代表果然是法露法嗎……」
由於沒有前例，所以是謎。
「夏露夏，能不能詳細告訴媽媽？」
點頭點頭點頭，夏露夏連點頭的次數都比平常多。
「早上起床後，發現姊姊變成史萊姆的模樣……窗戶沒有開，因此也沒有從外面入侵的可能性。由於史萊姆無法開門，也不是從玄關跑進來的。換句話說，唯一的結果就是這隻史萊姆是姊姊……」
聽起來好懸疑。可是如果一大早就在房間內，可能性就很高。再怎麼說也不會從地上冒出來吧。

「夏露夏，妳十分了解史萊姆吧？並非因為身為史萊姆妖精才了解，以前不是也寫過論文之類嗎？」

沒錯，夏露夏可是才女，具備正牌研究人員的身分。

「知不知道原因或解決方法呢？至少媽媽真的無計可施……」

「夏露夏以前研究的是文化史，生物學是外行……」

不對啊，可能就像文科與理科的差異吧。

我凝視法露法（可能是她的史萊姆）。

就是史萊姆，毫無疑問。

「這是家族緊急事態，總之先大家一起討論吧。」

於是，我召集全家。

在說明前萬一有人遇見法露法史萊姆並狩獵就慘了，因此我將法露法放在房間，先在房間前說明情況。

結束說明後前往餐廳。

法露法史萊姆也跟來。

雖然無法開口說話，但似乎還剩下宛如自我的意識。

「從現在召開法露法拯救會議……知道該如何解決這件事的人，請舉手。」

說不定這個問題出乎意料的單純，可能性並不為零。

比方說，就像網頁畫面突然最大化顯示，完全無法關閉而傷腦筋之際，結果只要按Ｆ11就能解決一樣。

除此之外還有輸入文字時，變成之前輸入的文字會跟著消失的模式而陷入混亂之類。

全都是與電腦有關的記憶呢……這些事情過了三百年還是忘不掉啊。

世界上有很多事情只要知道就算不上麻煩，可是不知道就根本無法應對。

「解除史萊姆狀態的方法，有人知道嗎？」

沒有任何人舉手。

果然是異常事態嗎？

「那麼……就募集任何可以嘗試的方法吧。」

「有喔，大姊！」

幽靈羅莎莉舉起手來。

「只要拚命祈禱，希望她可以復原就好啦！不是有句話說相信者得救嗎！」

這句話出自幽靈口中，聽起來好超現實……

不過，魔法與幽靈在這個世界裡稀鬆平常，要對祈禱具備的可能性一笑置之稍嫌過早。

「知道了，羅莎莉就在空房間祈禱吧。」
「好的！為了大姊的女兒，我也會全力祈禱！」
就算讓羅莎莉竭盡全力，還是想募集提議，最好能具體一點。
「亞梓莎大人，要不要試試看魔法？」
「這麼特殊的魔法實在沒辦法自創吧……不對，若是魔族的話，問問別西卜好了。」
我詠唱某種咒語。
「沃撒諾撒諾農恩狄希達瓦・維依亞尼・恩里拉！」
這是召喚別西卜的魔法。既然情況緊急，我就不客氣使用了。
嘩啦——！
浴室傳來聲音。
是別西卜來了。
別西卜從浴室渾身溼透地現身。
「拜託喔……因為發音有微妙的誤差，導致出現場所偏移哪……就算退一百步而言，至少先放掉浴缸裡的熱水吧……居然重蹈上一次的覆轍……」
不好意思，但這些抱怨稍後再說。

「別西卜，不好了！法露法變成史萊姆了！」

「妳啊，就為了這種無聊玩笑召喚小女子嗎！再怎麼說，這也太過分了吧？」

「這可是一點也不有趣的現實喔。」

我抱起史萊姆狀的法露法讓她看。

「這就是法露法。」

「…………妳在開玩笑吧？」

「若是開玩笑的話，就能從容地放掉浴缸的熱水了。」

聽得別西卜臉色驟變。

然後迅速從我手中搶走史萊姆狀的法露法，緊緊摟住。

「天哪……法露法，竟然變成這個模樣……為什麼，究竟是誰這麼過分！」

「可能不是任何人的錯。早上醒來就突然變成這樣了。有沒有能變回原樣的方法？」

應該是法露法的史萊姆被別西卜摟著，同時不停扭動。以表達意思而言，有點難分辨究竟代表什麼……

「就算這麼說，法露法與夏露夏都是例外中的例外……小女子不認為有前例哪……」

「即便如此，史萊姆也算是魔物，比起人類算是妳們的管轄範圍吧？不能想想辦法嗎……？」

其實考慮過拜託夏露夏詢問史萊姆研究者，但正因為沒有前例，去了多半也沒有答案。別西卜才是救命稻草。

別西卜將臉埋在法露法身上同時（可能）思索，雖然不知道她究竟怎麼呼吸。

「唔，麵包就應該找麵包師傅哪。」

出現了做什麼就該找專家的諺語。

「史萊姆的事情就去問史萊姆吧。」

「要去問史萊姆，問史萊姆就知道了嗎……？」

即使認為就算去附近抓幾隻史萊姆也打聽不到任何情報，還是這個世界有什麼機器可以得知貓或狗的心情呢。

「有特別的史萊姆。在范澤爾德城，有隻聰明史萊姆。」

「哦……真不愧是魔族首都……話說那隻史萊姆的名字是？」

「是聰明史萊姆。」

「我不是這個意思，告訴我專有名詞啦。應該在史萊姆中算是很聰明吧。」

「『聰明史萊姆』就是專有名詞。機靈的史萊姆之類可是很罕見的哪。」

「聽起來不像是腦筋很好的名字呢……」

即使心中不安，還是只能去看看了。

我與史萊姆法露法乘坐龍型態的萊卡，前往范澤爾德城。現在可不能悠哉乘坐利維坦。

想不到竟然這麼快再度踏上魔族的領地……

◇

再一次在迷宮般的城內九彎十八拐。

「『聰明史萊姆』據說為了追求安靜的環境，在城內也待在最底層的房間。我們的目的就是那裡。」

別西卜不斷前進，再前進。

反覆在走廊上左拐右拐，走下通往地下室的階梯。

原本佩服她居然沒有在這麼複雜的通道迷路，結果別西卜的表情從中途開始冒黑線。

「奇怪……地下三樓有這條通道嗎……？」

「原來連妳也不知道喔！」

「工作上沒有走過的通道，連小女子也記不住哪……不過，沒關係。剛才邊走邊灑麵包屑，如果只是掉頭倒很容易。」

可是，史萊姆法露法居然一邊吸收掉落在地上的麵包屑並前進。

頭一次見到史萊姆的進食模樣，但問題不在那裡。

「等等！法露法！怎麼可以吃掉在地上的東西呢！幾時變得這麼沒禮貌了？」

「亞梓莎大人，冷靜一點！現在不是講究禮貌的時候了！」

的確如此，迷路才是更麻煩的問題。

而且，不愧是地下三樓，通道也十分陰暗。

可以用來試膽的詭異走廊延伸至彼端。

「不必擔心。即使再怎麼迷路，都在城內，走著走著總會找到路的。」

「有道理。啊，牆上有張貼地圖喔。」

萊卡發現了好東西呢，這樣就能確實抵達目的地了。

「噢，那張地圖是為了擾亂入侵者的幌子。與實際的通道差別很大。」

「別在這種地方弄得像地下城一樣啦！」

法露法可能累了，一躍跳到我身上。

「怎麼了？要背背嗎？」

看得出法露法的身體上下晃動，應該是在點頭吧。

「如果背得肩膀痠了就換小女子。為了法露法，可以背上幾個小時都沒問題。」

別西卜也說了一番相當可靠的話。

法露法跟著晃動身體，應該是感到開心吧。

「總之，只要繼續往下走應該就會到了。」
「也對。反正又不會遭遇魔物，當作欲速則不達地慢慢走吧。」
於是，我們再度繼續攻略地下城。
我一定要抵達城堡最深處！

——兩個小時後。
不知不覺我們居然來到了地表。
「真是的！受不了！以為往下走結果全都是往上的階梯，這城堡真麻煩哪！」
別西卜氣得對自己的職場發飆。
就是這樣。這座城堡相當麻煩，要前往樓上必須先下樓再上樓。如果想法過於老實地只會以上或下為目標，會無法抵達目的地。
話雖如此，上樓時只要換一條路，有可能真的來到地表。我們就是這樣。
「果然連魔族都會對這種結構混淆……」
肯定是以敵人進攻為前題設計吧，但迷路的時候就讓人特別惱火。
「可惡……想不到甚至無法抵達給予提示的人物……難道弄錯了一開始往下走的階梯嗎……」
這時候，散發優雅氣氛的女孩緩緩走進。

「哎呀呀，各位，在尋找什麼嗎？」
是魔王佩克菈。
「居然又能見到姊姊大人，我真是感動啊。在我的臉頰來一個打招呼的吻吧。」
別肆無忌憚要求親親。我現在沒那個心情。
我說明事情的經緯。
「——所以，希望妳告訴我們『聰明史萊姆』究竟在哪裡。如果告訴我們的話……這樣好了，親吻臉頰倒是無妨。」
然後試著提出交換條件。
「那麼，可以先支付報酬嗎？」
不愧是魔王，真是強勢。
「算了，反正又不會少一塊肉，無所謂……」
於是我輕輕親了一下她的臉頰。
感覺在一旁目睹的萊卡好像露出羨慕的表情，是我的誤會吧？
「哈嗚……姊姊大人的親吻，真是美妙的體驗……我感覺神魂顛倒，快升天了呢。心情就像成為女校的學生一樣……」
佩克菈的確露出非常開心的表情。
真正的女校會不會經常親親不得而知，但佩克菈看的小說中可能是這樣吧。

「亞梓莎大人，不可以這麼輕易親吻別人喔……這樣可能又會引發什麼麻煩……」

結果被萊卡提醒了。

其實我也不是不明白，與佩克菈走得太近會有點麻煩。

正背著法露法的別西卜嘆了一口氣表示「真是迷人精哪」。要不是別西卜迷路，我也用不著親她了，就睜一隻眼閉一隻眼吧。

「所以，告訴我們『聰明史萊姆』究竟在哪裡吧。」

「答案就在這附近喔，仔細調查一番吧。」

「咦，怎麼給這種像提示的答案……說清楚一點嘛……」

「要說清楚的話，就要嘴對嘴長吻喔。」

將食指置於嘴脣，佩克菈露出惡作劇的笑容。她真是壞心眼。

「這個就免了……」

做得太過火的話可能會回不來，禁忌世界之門恐怕會開啟。

「我可不是隨便說說喔。仔～細找找看，是真的有答案。那麼各位，再見囉。」

只見佩克菈再度以悠哉的腳步離去。

「真的有答案是什麼意思啊……這裡根本沒有通往地下室的階梯啊。還是室外……」

「等等。如果魔王大人所言非虛，那麼答案的確就在附近……」

別西卜環視地表的庭院。

然後視線停在類似小倉庫的小屋。

「難道……是那裡？」

別西卜急忙走向那間小倉庫。

小倉庫內只擺放了農業器具，的確是倉庫沒錯。

「看來不對呢，找其他地方吧。」

「不對，很可疑。」

說著，別西卜在地板上東摸西摸。

結果發現地板有個地方可以揭開。

底下是通往地下室的階梯。

「看來是對的！這才是通往『聰明史萊姆』之道！」

「這樣根本沒有人到得了吧！」

拜託不要真的準備地下城的機關啦。

通往地下室的階梯延伸至相當深處。

如果沒有以火炎魔法代替燈火，簡直一片漆黑。

「亞梓莎大人，吾人覺得愈來愈恐怖了……」

萊卡明明是龍族，卻似乎害怕這種氣氛。畢竟連職業摔角手都有可能害怕妖怪，其實不足為奇。

「如果發生什麼事我會保護妳，別擔心。」

走下階梯的盡頭有一扇門。

乍看之下是毫不起眼的木門。

「看來抵達了哪。真想不到，竟然會在這種地方。」

「雖然耗費苦心找到有種成就感，可是問題尚未解決呢。」

別西卜緩緩開門。

房間內有一隻比一般大了兩圈的史萊姆。

顏色也十分獨特，幾乎呈現漆黑。從來沒見過這種好像塗滿黑墨的史萊姆。

除了史萊姆以外就是霉味的空氣與堆積的書本。還有，牆上似乎寫滿了文字。

毫無生活感。不過史萊姆就算散發生活感，人類可能也無法體會。

「你就是『聰明史萊姆』吧？」

史萊姆使勁一跳，撞上牆壁。

牆上寫著『是』。

一旁還有『不是』，更旁邊還有『很難說』以及『不知道』等詞彙。

原來是以這種方式溝通啊！的確很聰明！對於這一點毫無異議！

「『聰明史萊姆』啊，其實是史萊姆妖精的女孩，某一天突然變回史萊姆的身體。

我們認為你可能知道解決的方法，才會前來此處。」

『聰明史萊姆』（太長了，以下簡稱聰史）再度撞向『是』的位置。

目前的感覺還不壞。

「那女孩堪比銜接史萊姆與人類、魔族等各種族的橋梁，希望你能幫助她。如果知道方法的話，能不能告訴我們呢……？」

連我都能立刻體會別西卜的真誠態度。

原來她為了法露法絞盡腦汁啊。

身為媽媽的我也很高興。

結果，聰史拖著身體，移動到側面的牆壁。

牆上寫著一些個別的文字。

然後聰史開始反覆跳躍。

「這該不會是……想藉由碰撞文字表現詞彙嗎!?」

真是高等級的技巧啊！

不，現在不是佩服的時候，究竟是什麼意思，得仔細記錄下來才行。

首先，第一個詞是「魔法師」。

中途可能拼錯字，還撞向寫著『回上一個字』的地方。

真是相當拚命的溝通方式呢。

應該說，這和使用電腦的鍵盤輸入差不多。

「應該、去問、位於、托姆利亞納州、最高、山脈、魔法師、史萊姆。」

修改成文句後——

「應該去問位於托姆利亞納州最高山脈上的魔法師史萊姆，是這個意思吧？」

聽史再度移動到寫著『是』的牆壁，然後一撞。

「魔法師史萊姆嗎……亞梓莎大人，原來有各式各樣的史萊姆呢……」

「我也受到了衝擊啊……」

之後，聽史再度撞牆壁數次，提供追加資訊。

史萊姆中，有時似乎會誕生智慧很高的個體。

其中好像又有極少部分會變成聽史或魔史（魔法師史萊姆的簡稱）。

聽史表示，如果只是身體狀態產生變化，那麼去找魔史請教讓身體復原的魔法，或許就能解決。

所以，接下來就前往托姆利亞納州吧。

我們鄭重向聽史道謝。果然，史萊姆的問題就該問史萊姆。

「對了，你在這裡思考些什麼呢？」

由於不明白這種史萊姆的生態，我嘗試詢問。

他的回答是，正在思考究竟什麼是存在。雖說是回答，其實是不斷碰撞牆壁表達詞彙，看起來好辛苦……

真不愧是聰史……居然以這樣的身體思考如此哲學性的話題啊……

而且還說明因為一直碰撞牆壁，導致身體愈來愈黑。原來身體的顏色有這麼感動的祕密啊！

「謝謝你，希望你的思索能更上一層樓喔。」

感受聰史的驚人之處，隨後我們離開地下室。

接下來，該前往托姆利亞納州，但是變成龍飛過來的萊卡已經露出相當疲勞的神色。

「萊卡，今天就在范澤爾德城過夜吧。」

「不好意思為了吾人……」

「說這什麼話。辛勤工作後本來就應該好好休息。」

而且我也同樣疲勞，法露法變成史萊姆的衝擊可不小。

嚴格來說本來就是史萊姆，可是對我而言，法露法並非史萊姆，而是名叫法露法的女兒。

在別西卜為我們準備的房間內泡個澡，稍作休息。

其他家人都十分擔心，希望能盡早解決。

這時候，傳來『咚咚』碰撞門的聲音。
從碰撞方式，可以判斷是法露法。
一開門，法露法隨即跳進浴室的熱水內。
如果沉得太深就慘了，我以手接住她。
「法露法也想泡澡嗎？」
法露法在我手上跳了跳。
即使外表改變，法露法依然是法露法。
對此放心的同時也油然產生一股寂寞。
希望能盡早解決這種情況。希望她能恢復一如往常，笑容可愛的法露法。
「法露法，再稍微忍耐一下。等等喔。」
我緊緊摟住法露法。
憑觸感我得知這並非隨便哪隻史萊姆，就是法露法。法露法的溫柔傳達給我。
即使混在幾十隻史萊姆當中，我也能藉由觸摸立刻發現法露法。

◇

隔天一大早，別西卜前來房間。

「查過了托姆利亞納州最高的山，是一道叫做莫達迪亞那的細長山脈。該處幾乎沒有樹木生長，是人跡未至之處。」

「感覺就像藏有什麼的環境呢，感謝妳幫忙調查。」

「只要是法露法，就和小女子的女兒一樣。絕對會幫助她的！」

「妳能這麼說我很高興，但她終究是我的女兒喔……？」

之前她也要求送給她當養女，因此得提高警覺。萬一說著答應她收養可就麻煩了。

「既然都有夏露夏了，分一個給小女子又何妨……」

果然來這一招……大意不得。

「不要當成贈送多餘的盤子啦！更何況雙胞胎分隔兩地很可憐耶！」

「也對。那麼，小女子就收養兩人吧。」

不行，她根本講不聽……

隨後我們搭乘龍型態的萊卡前往莫達迪亞那山。

這座山的確很荒涼，山上連條路都沒有。

以步行尋找實在太累，因此我們兵分多路，從空中尋找魔法師可能居住的小屋之類。

魔法師經常在遠離村里的地方搭建工作室。

因此這裡就算有工作室，也不足為奇。

——可是，從空中調查依然完全沒發現類似建築。

「幾乎飛遍了整座山呢……」

大家先暫時集合，召開作戰會議。

「這座山幾乎光禿禿，照理說不該藏在森林以至於看不見哪……」

「首先，絲毫沒有人造建築物……該不會居住在洞窟之類吧……」

「洞窟嗎？無法否定這種可能性——不對，等等……」

萊卡這句話讓我有了頭緒。

「別西卜，妳會探測魔力的魔法嗎？不會的話就由我製作，我可以無師自通。」

製作這項魔法應該不難，但若有人已經學會，讓她來使用會快得多。

「噢，原來是這樣啊。當然會，讓小女子試試看吧。」

別西卜似乎明白了我的意圖。

「請問，究竟是怎麼回事呢……？」

「若是魔法師，為了不讓自己的工作室引人注目，有可能施加障眼魔法。或許這就是我們怎麼找都找不到的原因。」

畢竟我也當了這麼久的魔女，這種事情還是知道的，就算我大大方方地住在高原上的顯眼之處。

別西卜似乎已經清楚感應到某些事物。

「有相當強大的魔力，那裡可能有誰在。」

我們一行人立刻前往該處。

在地面行走著。

「亞梓莎大人，這一帶剛才不是什麼也沒發現嗎？」

「沒錯，從上空是看不見。」

就這樣走了一段路，在某處突然出現一間小小的房子。

「啊！原來還有這種地方啊。」

「這種隱身方式是魔法師的基本技巧，雖然這種想法與我這種調配藥物的魔女幾乎無關。」

房子蓋在彷彿隨時會墜落山崖的地方。不如說，緊貼山崖好像才是目的。

「看來猜對了呢。那就走吧。」

我敲了敲獨棟房子的門。

過了一會兒，門喀嚓一聲開啟，出現一個「人」。

是金髮編成漂亮髮辮的十五歲上下美少女。

少女露出驚訝的表情凝視我們這幾名訪客。

「哦？請問是哪幾位呢？這裡非常難得有人來呢。」

其實，我也感到很驚訝。

因為原以為又會出現史萊姆，結果卻是人。

「請問……這裡不是魔法師史萊姆的工作室嗎……？」

畢竟是杳無人煙的地方，就算有其他魔法師在此設置工作室也不奇怪。

「噢，原來如此，原來如此。讓各位弄混了呢。」

少女開朗一笑。

「我是史萊姆喔。這個外表是使用了變身相關魔法的結果。」

「史萊姆!?」

我懷疑自己的眼睛。理所當然，她看起來一點也不像史萊姆。

如此心想的似乎不只我而已，別西卜與萊卡都露出疑神疑鬼的表情。

「妳該不會存心欺騙我們吧……？」

「絕對沒有。我身為史萊姆已經活了大約三百年，但是人類外表比較容易生活，因此大約從一百五十年前就變成現在這個模樣了。」

三百歲……幾乎與我同年……

「話說回來，我之前從未注意過史萊姆的壽命呢……」

由於從未見過衰老史萊姆與新生史萊姆，對這方面完全外行。法露法與夏露夏終究是妖精，又是例外。

「大多數史萊姆都缺乏正常智能，也沒什麼生死之分，會自行分裂增殖。其中有極少部分，會像我一樣具備智能。」

「都是第一次聽過而無從檢驗呢，但基本上全都當作事實相信吧……」

畢竟對我們說謊一點好處也沒有。

「站著說話也不方便，要進來嗎？不過呢，因為史萊姆幾乎不吃東西，不只無法備茶，連坐的椅子都不夠。」

我們接受她的好意，進入屋內。

老實說，山上還頗冷的，進入室內真是太好了。

◇

椅子的確只有一張，所以讓她坐椅子，我們站著。房間本身很有魔法師工作室的感覺，書架上擺滿了看似書籍之物。

連廁所、餐廳與床鋪都沒有，房間內樸素到只有書架與桌子而已。其他東西對史萊姆應該都不需要吧。

既然法露法會想吃麵包屑，代表需要吃東西，但可能從任何方式都能攝取營養。

她自稱「魔法師史萊姆」。

如同聽史，史萊姆似乎沒有專有名詞的想法。

「幾乎沒有人會來找我，況且也沒有人會認為魔法師史萊姆存在，因此不需要進一步的名字。」

知道她想說什麼，但我覺得給她一個名字比較合適。

「那麼，魔法師史萊姆，簡稱魔史萊……好，就叫妳摩蘇菈吧。」

這種命名方式或許微妙地像益荒男（註1），但還可以接受吧。

「我知道了，那就叫我摩蘇菈吧。請問各位有什麼事？」

摩蘇菈的視線望向法露法。

「雖然我已經察覺到，與這隻史萊姆有關。」

沒錯，答對了。

我告訴她，史萊姆妖精法露法某一天突然變成了史萊姆。

「——所以，我們正在尋找解決方法，請問有頭緒嗎？」

「這樣啊。這隻史萊姆能不能借我一下？」

法露法主動接近摩蘇菈。

註1 猛男之意。

果然，即使法露法的外型改變，依然聽得懂話。

摩蘇菈抱起法露法，隨意按了按她的身體。

這應該也可以算是觸診吧。

「嗯嗯，原來如此。彈性與普通史萊姆完全不一樣，肯定是特別的史萊姆呢。」

「連這都知道嗎!?」

萊卡大為吃驚。

「是的，可以喔。畢竟我當了這麼久的史萊姆。簡單而言，如果一般史萊姆是等級一，這隻史萊姆大約等級三十五。普通冒險家應該很難擊敗她。」

聽她這麼一說，我十分明白。

的確無法想像法露法和夏露夏與史萊姆平分秋色，實際上她們可以戰勝。

之後，摩蘇菈依然東摸西摸法露法。

「哦，原來如此，原來如此。是這樣啊，嗯嗯，是那邊嗎？原來是那邊啊～」

雖然有點吐槽究竟是哪邊，但可能是只有史萊姆才知道的事吧……

別西卜驚訝地表示「小女子活了這麼久，想不到世界上依然充滿了未知事物」。

史萊姆的世界也很深奧呢。

結果，摩蘇菈足足摸了法露法十五分鐘，在乾燥的大片葉子上寫下類似筆記的內容。這似乎用來代替紙張。

「有答案了。」

摩蘇菈放開法露法後，法露法隨即跳到我身邊。

我以雙手接住她。

「請告訴我們！拜託妳！」

我們都畢恭畢敬。

「要說為什麼，這隻史萊姆會變成現在的模樣——」

「為什麼!?」

我湊過身子聆聽。

到底是什麼原因。希望不是什麼不吉利的內容……

「——原因是落枕。」

「「落枕!?」」

我們幾人異口同聲反問。

「想不到居然是落枕……」

老實說，這種原因實在很瞎。

幸好不是什麼重病，但完全沒想到會聽到這麼稀鬆平常的詞彙。

「是的，真的是落枕。不是開玩笑喔。」

摩蘇菈微笑表示。

從她的口氣來看，她應該也知道這個原因夠瞎吧。

「這隻史萊姆平時應該都維持人類外表，但似乎落枕導致身體疼痛。由於她的身體有點痠痛，我才發現原因。」

「原來史萊姆也會痠痛……」

「因為落枕，導致難以維持人類外表，才會變成史萊姆的外型。而且她從誕生時就是人類模樣，不知道如何變回去，只得一直維持這樣。」

以前從來沒見過法露法變成史萊姆的模樣，怪不得她不知道如何變回人類，這個答案應該相當可靠。

「那、那究竟該如何才能恢復原本的可愛法露法!?」

別西卜咄咄逼人地質問。

「與其說尋找讓這隻史萊姆恢復人類的方法，該說尋找維持人類模樣的方法較貼切。」

維持人類的模樣……

聽起來好像懂，卻又不太懂。

「魔族小姐，請問您有見過化妝太濃的人露出素顏，結果認不出對方是誰的經驗嗎？」

「好幾次哪。」

啊，原來魔族也有這種經驗啊……

比方說女生一起旅行，隔天早上發現對方容貌的氣氛完全不一樣。

「類似這樣。這隻史萊姆變成人類的模樣就是化妝的狀態。所以說，由於她不知道如何化妝，才無法變成人類的模樣。」

史萊姆變成人類的外表，應該不是化妝這種層次的變化，但這種比喻很容易理解。

話雖如此，究竟該如何實現這一點呢。

就算在現在的法露法身上抹白粉，也只會變成白色史萊姆。

「唔，難道沒有其他更快的方法哪？比方說，不能由妳施加變身魔法，讓她變成人類的外表嗎？」

「嗯，我之前也想過別西卜的方法是否可行。」

如果法露法恢復人類外表，再加上可以說話，那麼一切就解決了。

「理論上有可能，可是每次變身魔法效果消失，就必須重新施加魔法。況且這終究只是變化魔法改變外表，比方說要說話，或是以手書寫文字，就需要訓練了。」

如果只是讓形狀滑溜溜的史萊姆看起來像人類的話，一般而言確實不會說話。畢竟連聽史都不會說話。

「可是摩蘇菈小姐不是又會說話，還會寫字嗎？」

「為此我訓練了十年以上喔。即使外表改變，本人終究維持史萊姆的身體，因此無法像以前一樣說話與書寫。我光是學習兩隻腳走路就花了一個月呢。因此在各方面都很缺乏效率。」

越聽越覺得，這樣的確問題多多。

「而且，變身魔法終究只是變成施術者心中描繪的外表，某些地方可能會與原本的史萊姆小姐不一樣。比方說身高比之前矮啦，表情變得不一樣啦，會產生這種差異。」

可以理解她的意思。

這個世界連照片都沒有，可能很難恢復成原本的法露法。

「與二百五十年前相比，我的表情與頭身比例也完全不一樣。就像畫家一直畫著畫著，畫風會逐漸改變一樣。」

就像連載漫畫的角色畫風，第一集當時與第二十集現在的風格差異很大的現象吧。

「小女子很了～解不行的原因了。那麼，怎樣才是最好的方法，能不能告訴我們？」

別西卜特別積極呢。特別是面對這種危機，她會露出體貼的一面。

「嗯，讓這隻史萊姆小姐自己記住外型，明白這樣就能恢復原狀才是捷徑。意思是不靠魔法，而是靠整形。」

「那該怎麼整形才好？」

「關於這一點，最好詢問保持人類外表學習武術的對象。因此，應該請教武鬥家史萊姆小姐才對。」

「武鬥家史萊姆!?還有這種史萊姆啊!?」

史萊姆的世界究竟有多深奧……！

「是的，武鬥家史萊姆並非以我這種魔法，而是藉由活動身體變成人類的外表。

只要向她學習技術即可。」

既然叫做武鬥家史萊姆，簡稱武史吧。

「那隻武鬥家史萊姆在哪裡？」

結果，摩蘇菈的表情露出黑線。

咦，難道她居無定所!?

「武鬥家史萊姆小姐一直進行武者修行，所以居無定所……」

「這可傷腦筋了……尋找全國可是很累人的哪……得像尋找哈爾卡菈那時候製作尋人啟事才行……」

還得再來一次當初弄得大家雞飛狗跳的事情嗎……

「啊，不過武鬥家史萊姆小姐的座右銘似乎是生活在市井之中，進行武者修行。或許挨家挨戶調查各地城鎮就能找到了。她應該有在人類社會生活的名字。」

太好了！有名字的話，會好找許多！畢竟尋找像史萊姆一樣的武鬥家實在太困難了。

「名字就叫武史萊小姐。」

與我命名的概念幾乎相同耶！

◇

就這樣，我們的調查之旅迎向下一個階段。

暫時回到高原之家的我們，製作了武史萊小姐的尋人啟事。

還拜託芙拉托緹幫忙，在各城鎮張貼啟事。

在找到武史萊小姐之前，由妹妹夏露夏負責照顧法露法。

具體而言，就是進浴室洗澡之類。

夏露夏表示，似乎「灰塵弄得身體很髒，需要清洗乾淨」。畢竟基本上都緊貼地面爬來爬去吧。

此外，用餐只要拿蔬菜等食物來，法露法就會將其吸收進身體內，加以消化。

雖然懷疑哪裡才是消化器官，總之吸收進體內的東西看起來會緩緩分解，所以似乎真的能吃下去。

「其實即使不是料理，隨處的土壤或雜草也能化為營養。所以史萊姆在任何地方都能增殖，甚至不太需要認知用餐這種行為。」

「話說回來，摩蘇菈的小屋裡也沒有廚房之類呢。」

因為能從隨處的土壤攝取養分吧。到了這種地步，或許甚至不能以用餐來形容。

「不過，姊姊吃土壤或雜草太可憐了，想讓她好好地用餐。」

© Benio

說著，夏露夏將沙拉放在法露法史萊姆身上。
就在我看著如此充滿姊妹之愛？的一幕時，別西卜來了。
拍動翅膀飛行的同時進入餐廳。感覺十分坐立難安。
「發現了武史萊的行蹤！」
「好！這樣就等於解決啦！」
「對啊！」
我也湊出身子，與別西卜擊掌慶賀。
之後只要拜託武鬥家史萊姆即可。
「武史萊是在南部一座叫凱爾聶的城鎮發現的。」
「那就趕快去找武史萊小姐吧！」
「騎在萊卡身上飛過去吧！」
可是，別西卜這時卻臉色憂鬱。
「不……小女子事先也說過我們的情況……但她卻表示不想涉足世俗……純粹追求強大的實力……還說自己又不是接骨師之類，沒辦法幫忙……」
拜託拜託拜託，我們也是急著要抓救命稻草，怎麼可能這麼輕易放棄。
「既然不想涉足世俗，待在城鎮不是會受到世俗的影響嗎？這一點應該可以通融吧。」

「附帶一提，她會在凱爾聶，似乎是要參加武術大賽。」

「武術大賽！」

聽到這句話，心中湧起些許熱意。

因為小時候看過好幾本內容與武術大賽有關的格鬥漫畫。

當然，我也看少女漫畫。

「欸，那場大賽還能報名參加嗎？」

「妳該不會想參賽吧……？」

幾乎就在別西卜說完話之前，我立刻點頭。

「只要讓武史萊小姐見到我比她強，她應該就願意聽我們的要求了。因為只要參賽，就同樣是武鬥家吧？」

當然，最後得由她自行判斷，但理論上至少能獲得對話的機會。

不如說，反而不明白別西卜為何如此猶豫。

「如果啊，妳在大賽中奪冠，連以前不為人知的地區都會聲名遠播喔……可能會導致生活偏離原本平穩的日子……」

「……啊，原來是這樣……」

的確言之成理……

可是，為了女兒找人代打又很怪，只能親自上場了。

「我要參加！為了讓法露法恢復原狀！」

法露法使勁跳了跳。

這肯定是「媽媽，為妳加油喔！」的意思吧，我如此解釋。

「是嗎？那麼，小女子也參賽吧。」

「別西卜參賽的話會引來魔族，可能會導致恐慌吧……」

「放心吧，小女子會以神祕格鬥家的名義參加。」

◇

就這樣，我與別西卜前往凱爾聶鎮，辦理參賽手續。雖然是在大賽開始前三天，但期限相當寬鬆，報名十分順利。

「填寫資料可要小心。似乎有超過一成參賽者因為資料不完整而失去資格哪。」

「沒有填寫詳細的人，機率這麼高啊……」

此外，據說奪冠獎金高達三千萬戈爾德，相當豐厚。

我忽然想起一件事。

「話說，武鬥家史萊姆該不會也為了獎金而參賽吧……？真的只是為了測試自己的力量嗎……」

「小女子無法斷言不可能。畢竟提到武鬥家，能賺錢的地方相當受限哪。」
光是磨練自己的技巧的確無法賺錢。如此一來，感覺與商人愈來愈沒什麼差別呢。

然後，到了預賽的日子。

要是下雨可就麻煩了，幸好是大晴天。

會場在一處像是競技場的地方。由於比賽場次很多，會場準備了兩座擂臺，似乎會分別消化分組的賽程。

觀眾似乎也來了不少，不過預賽階段想當然耳，座位空空蕩蕩。

將近三百名參賽者，大約坐到第三排位置。

今天的目的就是晉級十六強，首先要在預賽淘汰至十六強。

雖然早就知道，不過休息室內的男性比例很高，女性相當稀少。由於我的外表維持十七歲，經常被人目不轉睛盯著瞧。

感到實在坐立難安，因此我與別西卜聊天。

「小女子也感受到不少視線……男人真是正直的生物哪……」

別西卜也似乎與我有同感。

此外，她戴著帽子隱藏頭上的角，翅膀以魔法暫時隱形，一同隱藏起來。如此就能隱瞞自己魔族的身分。反正沒有身家調查，似乎可以蒙混過關。

「附帶一提，妳以什麼名字參加？」

「別西。」

「真是沒創意。」

「反正預賽只有小咖吧，隨便揍個幾拳就夠了。要說值得留意之處，就是別忘記禁止使用魔法。如果因為使用魔法而失去資格，就太荒唐啦。」

沒錯，畢竟是武術大賽，因此不允許使用魔法與武器。必須純粹以自己的身體戰鬥。

聊著聊著，輪到我了。

比賽對象是身高兩公尺左右的壯漢，頂著亮晶晶的大光頭。

「這裡可不是小姐該來的地方。如果不想受重傷的話，勸妳趕快棄權。」

似乎很有紳士風度，對他的好感略為上升了一丁點。

至少與頂著雞冠頭大喊『呀哈～』的無名小卒不一樣。

「我原本不想參賽，但是為了女兒能再度奔跑於山野而被迫報名。」

「妳說女兒……？年紀這麼輕就已經有奔跑於山野的女兒了啊……？」

呃，他似乎產生了奇怪的誤會……

「不對，不應該夾帶私情。我無論如何都必須在這場大賽中奪冠，否則——」

「啊！這樣會讓人不忍下手，拜託不要提到自己的身世！」

萬一他說為了拯救女兒，需要三千萬戈爾德支付手術費就慘了！

「也對。那就先擊敗妳，當作旗開得勝的好兆頭吧！」

眼看大光頭逼近，我朝他的下巴使出上鉤拳。

一擊就打昏了大光頭，當場倒下。

嗯，看到他還在抽搐，代表沒死吧。

由於幾乎沒有揍人的經驗而難以拿捏分寸，但這樣應該ＯＫ。

況且座位上也沒多少觀眾，氣氛並不熱絡。好，繼續維持，拜託不要太熱鬧。

回到休息室後，別西（登記名）手盤胸前一臉得意。

「居然活用嬌小體格迅速切入懷裡，一拳往上掃嗎？真是理想的一拳哪。」

「其實我根本沒想這麼多……而且我沒有什麼武術經驗……」

頂多只有拍掉飄落火星的感覺而已。

「原來如此……原以為這是重新審視妳的戰法的好機會，小女子才會參賽，但妳可能因為沒有任何武術型態才這麼強哪……」

雖然對如此分析的妳過意不去，但應該只是狀態高而已。

這是孜孜矻矻狩獵史萊姆的成果，持之以恆就是力量。

之後我和別西順利在不同分組獲勝，成功晉級十六強。

正式賽程的錦標賽表也收到了，武史萊小姐順利晉級。果然，她似乎是頗有實力的強者武鬥家沒錯。

我和她在不同組別，要等到決賽才會碰頭。

只要我大顯身手，武史萊小姐勢必也會注意到我。到時候應該有機會請教治療法露法的方法！

◇

正式賽程連家人都來加油。

會場有準備家屬專用的好座位，夏露夏懷抱著法露法坐著。由於與史萊姆一起觀戰，遠看都十分顯眼。

「加油喔，媽媽。」

夏露夏的眼神也十分認真。

「那當然，我不會輸的。」

與武史萊小姐交手前絕不能在錦標賽落敗。

錦標賽在座無虛席的競技場中舉辦。

第一場比賽又碰到大光頭，全身肌肉隆起。

「這就是我千錘百鍊，能反彈任何攻擊的鋼鐵肉體——！」

我以弱不禁風的貓拳貫穿了鋼鐵肉體。

「嘿。」

對手一拳就暈，勝負揭曉。

看來不是什麼攻擊都能反彈呢。

由於一拳KO，觀眾席氣氛也火熱到不行。畢竟不是預賽，沒辦法。

「那個叫亞梓莎的女孩，好厲害！」

「肯定準確命中了要害！」

「下一場也要贏啊！我在妳身上押了三萬戈爾德！」

還被當成賭博的對象啊……

事到如今，不引人注目反而比較難吧。

我坦率接受自己顯眼的事實，向觀眾席揮手。

然後跟著走進親屬席。

萊卡與芙拉托緹彼此牽手高興不已，但兩人察覺之後迅速飛開。

「我才不想與紅龍這麼麻吉呢！」

「吾人也一樣，妳的問題實在太多了！」

真可惜！明明有機會藉由勝利的狂熱讓兩人和好！

此外，羅莎莉是幽靈，所以擅自跑來休息室等地方。這樣多半犯規，但是又沒有懲罰幽靈的規定，應該沒關係。目前她在夏露夏的正後方飄來飄去。

在芙拉托緹身旁，哈爾卡菈活力十足地向我揮手。

「師傅大人，我們公司的飲料廣告，設置在競技場了喔！好好宣傳吧！」

話說牆壁上貼著『對健康有益的飲料，哈爾卡菈製藥』的招牌。她還真熱衷於做生意呢……

不過，最興奮的是法露法。

只見她蹦蹦跳跳，幾乎快要掙脫夏露夏的手臂。

導致夏露夏像是在彈簧床上彈跳一樣。

「姊姊非常開心呢……」

「我也獲得了元氣與勇氣喔。下一場也絕對會贏，只要晉級就是四強了。」

沒錯，其實榮耀就在不遠處呢。

下一場對戰，對手又是大光頭。難道大光頭很流行嗎……？

「這顆光頭可是古蘭德流武鬥家的證明！我也是從在地寺院磨練出來的！」

可能類似少林寺拳法吧。

「我要在這場大賽奪冠，以古蘭德流相隔五十四年的冠軍為目標！」

還真是幹勁十足啊……

「即使是女人，我也不會手下留情！率先擊敗弱者控制戰局，這就是古蘭德流的鐵則！」

「根本就是來陰的！」

一點也不光明正大！

「好，看我鎖住敵人直接施展必殺技！」

他抓住了我的手臂。想戰勝我似乎是真的。

所以我加以掙脫。

「什麼!?居然掙脫了這一招鎖技!?不是號稱像鱉一樣咬住絕不鬆手嗎!?」

原來這個世界有鱉啊，開始想吃火鍋了。

一直躲避敵人的攻擊也沒完沒了，所以我使出我流迴旋踢。盡可能不讓裙子飄得太誇張。

砰！

對方飛到上空大約十公尺高，然後直接墜落。

「嗯，差不多就這樣吧。」

確認對手已經昏過去，因此我晉級準決賽。

只要下一場獲勝，就能與武史萊小姐交手。

不過話說回來，武史萊小姐是什麼樣的人呢？該不會又是大光頭吧？正式賽程的休息室分開，我還沒見過她的長相。

正好在下一場比賽，喊到武史萊小姐的名字。

同時現場觀眾興奮地歡呼「賞金女王！」

咦？這種反應怎麼與孤傲的武門家不太一樣……

然後走上擂臺的，是秀髮紮在後方，一身尺寸偏短的衣服，很有武者態度的女孩。

從肩膀與肚臍外露看來，算是俗稱的背心吧。另外下半身穿著類似五分褲。

另一方面，對戰的對手——是連戰皆捷的別西。

哎呀，這該不會……

比賽才一開始，別西的踢腿與拳頭就俐落地命中。

連續打擊輕易讓武史萊小姐倒下。

裁判宣布比賽結束，別西高高舉起手。

「還沒交手就先落敗了!?」

怎麼辦，怎麼辦！

萬一她在直接對決前被擊敗，不就很難找到機會與她建立關係了嗎……

「哈哈哈！憑藉小女子的力量，漂泊武鬥家根本不足為懼！」

別西卜開心地雙手在前方揮舞。

拜託！為什麼要得意洋洋宣告勝利啊!?難道妳忘記目的了嗎!?

「來，各位觀眾，稱讚小女子吧！叫小女子蒼蠅王！」

而且不要主動暴露自己的身分啦！

「對啊，提到蒼蠅王就想到別西卜吧。」「別西這個名字，與別西卜有幾分相似呢。」「取名的方式好像反派喔。」

太好了，似乎暫時沒露出馬腳。萬一演變成會場有魔族幹部，大賽說不定會無法繼續。

「女孩子的對決果然精采。」「畢竟男人都頂著個大光頭啊。」

原來觀眾也在意這一點嗎？

武史萊小姐起身後，搖搖晃晃無力地回到休息室。可能是被疏於防範的對手打得落花流水造成的衝擊吧。

慘了。萬一她跑掉的話，就連對話的機會都沒有了。

「叫做武史萊的女人，也沒什麼大不了的哪。」

在那之前先走下擂臺的別西卜主動開口。

「目的並不是展現妳的力量吧……」

「別擔心，小女子也有讓法露法恢復原狀的使命。由小女子負責留住武史萊，妳趕快晉級決賽吧。」

原來如此。剛剛獲勝的別西卜的確有時間。

「老實說，決賽現在已經無關緊要了。」

反正目的又不是獎金或榮譽，況且要是再有踢館的人跑來高原之家也很麻煩。

「小女子可要在決賽與妳交手哪，別逃跑啊。畢竟過了這麼久，一直還沒分出勝負。」

我馬上看出別西卜是認真的。

「小女子一定會確認拯救法露法的方法，妳儘管放心，晉級決賽吧。」

話說回來，之前一直沒有認真一較高下呢。

上一次與別西卜對決，別西卜直擊我布下的結界而受傷，結果當場喊卡。

一言以蔽之，就是意外。

是一場感覺非常消化不良的勝負。

應該說，別西卜在一決勝負前就倒下了。

之後別西卜三不五時就要求再度挑戰，不過彼此的關係變得還不錯，一直沒有好機會。

「哎……雖然早就知道，不過法露法的事情，無論如何都要解決喔。」

「放心。小女子與武史萊同一組，休息室也很近，看小女子好好說服她幫助我們。」

然後別西卜走向休息室，現在只好相信別西卜了。

距離準決賽有片刻休息時間，我一邊心想別西卜會不會帶來好消息一邊等待。

可是，不論過了多久，依然沒有收到好消息。

如此一來，內心難免產生負面想像。

萬一連武史萊小姐都無法讓法露法恢復的話，接下來該怎麼辦……已經無計可施了……

心情紛亂如麻，準決賽開打，戰鬥時臉上依然寫著不安，一拳擊中對手，然後獲勝。

比賽對手似乎以為我膽怯而有機會贏，但我沒有弱到因為些許不安而影響實力差距。

然後，別西卜也確實晉級，贏得了決賽的門票。

這倒是好事，但法露法的事情還沒聽到她的消息。

不，既然別西卜都這麼有精神，代表可能有不錯的線索。否則別西卜應該也會露出沮喪的表情……

不行，腦袋裡一團混亂……

然後，終於到了決賽的時間。

想不到居然在這種眾目睽睽的地方，與別西卜再度交手。

事到如今，會場內的加油聲也變得盛大無比。

出乎意料的女性對決。

況且雙方都不是冠軍候選，而是程咬金，相當引人注目。

「高原魔女！」「最強的傳聞是真的！」「蒼蠅王別西！」

我緩緩走上擂臺。

緊接著，別西卜也走上擂臺。

還刻意賣弄演技，略為炒熱會場氣氛。

「怎麼了，難得的盛大擂臺，為何心情不好哪。」

「那還用說。法露法的事情一直沒有解決，與妳交手根本就是次要的。」

我可不是滿腦子只有勝利的戰鬥機器。

只是擔心自己孩子的安危，非常普通的母親。

在虛構題材中，有棒球選手為了與病魔奮鬥的粉絲孩童而宣告要轟出全壘打，但老實說輸贏對我都沒什麼關係。

法露法也正以史萊姆的身體觀賞比賽，其實贏是想贏，可是贏了也無法讓法露法恢復。

我盡可能不望向家人座位，免得愈看愈心煩。

「哎……何必說這麼沮喪的話哪。真希望妳稍微看一下氣氛，至少說句『看我反殺妳』哪。」

別西卜似乎不喜歡我毫無幹勁。我也明白她的心情，但我的個性畢竟無法改變成欺騙自己，專注於比賽。

「不好意思，要我拿出真本事才是奢談。如果希望我心無罣礙地比賽，就帶著充滿笑容的法露法來吧。」

若能這樣，我就會拿出一切力量與技巧戰鬥了。

結果，別西卜咧嘴一笑。

看起來真的很像反派摔角手。

「這句話，小女子可聽清楚啦。」

「我剛才有答應過妳什麼嗎？」

「比賽前讓妳見見一個大驚喜。」

別西卜轉向後方，視線望向走上擂臺的階梯。

然後走回該處。

會場頓時掀起「要逃跑嗎？」「放棄比賽!?」的騷動。

不過，都不是。別西卜只是牽著某人的手。

別西卜拉著登上階梯的人是——

「媽媽！法露法復活了喔！」

是我心愛的女兒！

「法露法！法露法！法露法！妳恢復原本的模樣了嗎！」

我立刻跑過去，以橄欖球達陣的氣勢緊緊摟住女兒。

感受到與史萊姆時不一樣，法露法的溫暖。

觸感當然也完全不一樣。可以清楚感受到人類的體溫，絲毫沒有果凍的感覺。

「嗯！多虧名叫武史萊的人喔！」

別西卜一臉詭計得逞的表情。

原來是為了在這個時機發表，才一直保持沉默啊……

不，原本希望這次能更普通地告訴我。原來妳也有與佩克菈相似的一面呢。

望向親屬席，哈爾卡菈她們不停揮手。代表她們已經得知了法露法復活的事吧。

難道只有我完全被蒙在鼓裡嗎？畢竟不管再怎麼強，也沒有能洞悉人心的能力。

「哎～原本希望妳能第一個告訴我，但還在時間誤差範圍內，就原諒妳吧。」

觀眾席似乎還不太清楚發生了什麼，但似乎感受到是值得慶賀的事，紛紛喊出

「太好啦～！」

同時還聽到「叫做亞梓莎的女孩，居然有那麼大的女兒……」「大受打擊……」

拜託，就算外表是十七歲，我可沒辦法回應那些偶像般的要求喔……

「媽媽，加油喔！法露法也會支援的！」

「這句話讓媽媽的氣力達到最大值了呢！」

如果現在有測量戰鬥力的器具，肯定會爆掉。

「那麼，在安全的地方看媽媽贏得勝利喔。」

雖然很可惜，但還是放開了法露法的手。

然後，我望向主謀。

「別西卜……別西，對我這個敵人太雪中送炭，妳會後悔喔。因為我能以前所未有的集中力迎戰。」

「所以才要這麼做哪。免得妳找藉口，說自己因為關心女兒導致分心。」

這番話很有宿敵的感覺呢。

那就拿出真本事打一場吧。由於不能使用魔法，能不能純粹稱作真本事很難說，

但以戰場而言並不壞。

確認法露法走下擂臺遠離後，我暫時先擺出架式。

即使不知道架式有沒有意義，總之先做個樣子。

別西卜也跟著散發出殺氣般的感覺。

裁判宣告比賽開始。

準備上吧。

結果，別西卜首先迅速脫掉上衣。等等，在眾目睽睽之下脫衣服不太好吧！

還好胸口有確實遮好，放心了。

不過，可以清楚見到背上長著翅膀。

她已經解禁翅膀，不隱藏魔族的身分了呢。規則上確實註明不可使用魔法，卻沒寫到魔族不可參賽。

「沒有翅膀就沒辦法全速飛行哪！小女子可不想繼續偽裝自己，和妳交手喔！」

「規則上沒問題，但大賽會對魔族陷入恐慌而中止喔？」

「反正已經達成讓法露法復原的目的，又有何妨？」

「噢，話說回來，這倒是。」

管他大賽中止或犯規，都是微不足道的小事。

「——所以說，好好打一場吧！」

別西卜以猛烈氣勢朝我衝過來。

哦，突然就要正面決勝負嗎？那就看我反擊！

話雖如此，我畢竟沒有格鬥技的經驗，嚴格來說不知道什麼才是反擊。頂多只知道對手攻擊的話，自己也同時攻擊而已。

不過，別西卜掠過我的正上方，直接在後方畫出弧線軌跡。

「從正面攻擊比不上妳的速度！所以要趁虛而入！」

「居然毫不保留說出戰術！」

「這種程度，根本算不上戰術！」

原來是這樣啊。因為我頂多只能等別西卜接近後加以攻擊。說好聽就是自由型。

別西卜似乎在空中盤旋，同時瞄準破綻。

來啊，隨時奉陪。

可是，別西卜絲毫沒有發動攻擊，真的好像蒼蠅在上空中盤旋。

「可惡……這可傷腦筋了……」

「咦，這麼毫無破綻嗎？」

該不會外行人的架式特別準確？或者其實我在武鬥上也有隱藏才能!?

「其實破綻百出哪……明明架式也亂七八糟，為什麼這樣就很強……難道是狀態的魔術嗎……」

害我明明這麼期待！

「既然都是破綻就快點來吧！」

「所謂破綻，是偶然出現讓對手決定攻擊該處。如果隨時都破綻百出，反而難以攻擊！」

對戰對手的要求還真多。

那麼，乾脆主動攻擊吧——雖然這麼想過，但她飄浮在空中所以沒辦法。

即使具備空中飄浮魔法，卻不足以與擁有自豪的翅膀，能自由在空中飛行的對手較勁。我的魔法，只不過是輕～飄飄浮起來的延伸罷了。

「妳不主動攻擊就沒完沒了，所以來吧。不如說攻擊的時候喊一下妳要攻擊。在妳喊之前我會一直等妳。」

「……有種被當成笨蛋的感覺，但小女子要上啦！」

別西卜縮起手臂，臉朝前方伸出，俯衝而下。

這是降低空氣阻力至極限的方法嗎！

雖然心想以臉衝下來一個不小心，可能會折斷脖子，不過別西卜肯定沒這麼弱。

「看小女子直接撞飛妳！」

相較之下我——

伸出雙手，等待。

準備在別西卜抵達時，抓住她！

這就是拍落蒼蠅作戰！

話雖如此，若是真正的蒼蠅，我絕對不要以手拍打……

「嘿呀！」

啪的一聲，我以雙手接住別西卜的臉。

「啊噗噗噗！夾住臉了……」

「誰叫妳要以臉衝過來！」

當然，光是這樣不足以完全抵銷別西卜的衝勁。

嘶嘶嘶嘶……

腳逐漸滑向擂臺後方。

不過，就在移動大約五公尺左右，中途停了下來。

劇烈震動在體內流竄，我卻沒被撞飛或是暈過去。

「唔……別夾住小女子的臉……」

別西卜的表情似乎變得有些奇怪。

「戰鬥中我聽不見！」

「這樣祖，根本連工擊都不散吧！」

別西卜不斷掙扎試圖掙脫。

我則是真的發火，就這樣一直扣住她的臉。

戰鬥就是做出讓對手討厭的事情就贏了。所以，這樣應該是正確的！

「噗哈！」

別西卜終於掙脫我的拘束。

「真沒想到會被這種莫名其妙的防禦擋下……太強的外行人果然麻煩哪……」

「比賽這麼精采，好歹誇獎一下嘛！」

不過，這下子別西卜就來到極近距離了。

「好，那我也要上囉！」

我也跟著往前一踏。

手握拳頭瞄準別西卜的肩膀附近。

即使是大賽，還是不想毆打女孩子的臉。

或許回復魔法能讓傷口癒合，但照樣會反感。

別西卜則以手接住我的拳頭。

發出『啪——————』一聲巨響，會場頓時騷動。

我並未在意，繼續揮出拳頭。

再度響起好幾聲巨響。

「可惡，光是以手擋住，就發出這麼驚人的聲音……好痛，痛得不得了啊……」

「我要繼續攻擊囉！話說妳居然擋得住我的拳頭呢。」
「小女子為了這一天，也修行過了哪！而且是為了求勝才修行的！不論下雨颳風，上班前下班後都去跑步！」
第一次聽過耶！
「早上起床後活動身體大約一個小時，然後才去上班。」
算是早晨活動吧。
不過她為了再度挑戰，居然這麼努力啊。
遇見她的時候完全沒有這種感覺，原來她一直視我為對手。
或許這種說法有點怪，但我有點開心呢。
「好！小女子也不能認輸哪！」
別西卜也反覆揮拳與踢腿，我靠自我流派以手腳擋下。
「妳的大腿真不錯哪。」
「別說這些奇怪的話！」
「妳的手臂明明這麼纖細，卻特別結實哪！有點不公平！」
即使她這麼說，但就是這樣我也沒辦法。
從會場傳來超乎想像的歡呼聲。
「好厲害！技巧與技巧的你來我往！」「雙方都毫不退讓！」

我自己覺得只不過是隨便打架，但看在觀眾眼裡似乎是硬派格鬥技。難道是因為不停高速防禦又攻擊嗎？雖然我一點感覺都沒有。

「話說能與我平分秋色，代表別西卜也超強吧？」

「那還用說！小女子也是魔族幹部哪！實力當然強啊！人類能抗衡才是怪事！如果是妳以外的人類早就贏了！況且根本無法以手腳防禦！」

對喔。因為別西卜經常跑來，對這方面的感覺早就麻痺了。魔族可不是隨處可見呢。

話雖如此，還真傷腦筋呢……

對戰時避免攻擊臉部，會導致戰鬥沒完沒了。

就算攻擊肩膀等部位，也不足以讓她失去戰鬥力。

該怎樣才能結束這場對決呢？至少得讓她暈過去才行。

可是，這場對戰看來沒法無限持續下去。

別西卜的氣息逐漸開始急促。

「呼、呼……真是銅牆鐵壁的防禦……小女子可是相當卯足全力進攻哪？沒有絲毫放水喔！」

體力方面似乎是我占優勢，目前並未感覺疲勞。

「乾脆現在，算我占優勢獲勝吧？」

「小女子才不接受！更何況規定根本『沒有時間』到這一項！」

果然會變成這樣。

不過，一直持續下去又很麻煩。扣住手臂是不是就行了呢？可是我根本不知道怎麼扣。

那麼，柔道的絕招怎樣。不行。我只知道大外割……寢技之類下次再練吧。

總之，繼續下去也不會落敗，就展開防禦吧。

若要攻擊顏面的話，乾脆攻擊腳部吧。將戰局引導至她不得不喊投降的局面。

——不過，這時候耳裡傳來最棒的加油。

「媽媽！加油！別輸喔！」

法露法高舉手臂，為我加油。

「媽媽，有志者事竟成，有志者事竟成。」

夏露夏的加油真是樸素……

不過我確實感受到活力了喔。

所有其他家人們，也為我祈禱勝利。

芙拉托緹甚至聲嘶力竭喊著「要贏啊——！」

「媽媽一直為了法露法不斷奔走，我透過史萊姆的身體目睹了喔！法露法真的好高興！所以為了報答媽媽的恩情而多多加油！」

由於戰鬥中，我並未發出聲音——不過真的好感謝。

經常聽說太多人幫自己加油，反而會造成壓力，但我完全不會。這一切都化為我的力量。

「不好意思，別西卜。既然女兒們幫我加油，我就得拿出自己帥氣的一面才行了。」

「什、什麼……？」

我的身體充滿幹勁。

「現在的我，已經進化了大約兩階段喔！」

「說這什麼莫名其妙的話！明明外表沒有絲毫變化嘛！」

嗯，是沒錯，畢竟又沒有長角。

「至少要擊中一次！」

別西卜已經心急如焚，可能沒料到居然到現在連一擊都打不中吧。

這是好機會，我同時跟著往前邁步。

目標是反擊！

一開始別西卜應該也有警戒，但是她的防禦變得愈來愈鬆散了。

首先在千鈞一髮的距離躲過別西卜的拳頭。

同時將自己的體重往前傾。

暫時無視自身防禦，專注在攻擊上！

而且還不是握起拳頭，我以右手從別西卜的臉部下方用力一拍。

利用掌心，感覺像搖晃腦部。

「上啊！」

這好像叫做掌打吧。

我的右手擊中別西卜的下顎部位。

只見別西卜的臉大大一晃。

然後直接頹然倒下。

跟著響起今天最大的歡呼聲，甚至讓人以為是地鳴。

「怎麼樣？聽說這樣會造成對方腦震盪而暈過去。」

我對倒在地上的別西卜開口。

規則內應該沒有倒地，但總之我第一次贏得了倒地。

「這樣應該可以算我贏了吧？還是一時之間站不起來？」

別西卜依然沒有回應，裁判這時介入，確認別西卜的情況。

「別西選手無法戰鬥，因此是亞梓莎選手獲勝！」

隨著裁判宣布，會場頓時籠罩在「亞梓莎！」「太強啦！」的歡呼中。

總之，漂亮地完成了任務。雖然我毫不在乎在陌生人面前出醜，但是在女兒面前可不能輸呢。

可是，事情尚未就此告一段落。

別西卜還沒起來。

「欸，別西卜，妳沒事吧？呃，就是因為有事才會倒在地上吧。」

只見她依然仰面朝天，動也不動。該不會沒命了吧……？

畢竟真的很長一段時間沒有認真戰鬥，也沒有必要全力戰鬥，導致連自己都不知道控制力道。雖然我不認為這樣就會讓她遭受致命傷……

我試著搖晃別西卜的身體。

「喂～結束了喔。起來，快起來，要睡的話去床上睡。喂～」

沒有反應。

頓時感到一股惡寒。

不會吧，哪有這樣就死翹翹的啊。難得法露法復活，這樣根本高興不了。

「拜託！少來只要結果ＯＫ就ＯＫ這一套！唯有最後才鬧出人命會有很多問題啦！難道剛才這麼準確命中要害？欸！快醒醒啊！」

「不好意思，亞梓莎選手，用力搖晃對傷者很不好，我現在就準備擔架。」

裁判從身後開口，這樣的確會造成不良影響。

「欸，起來，快起來……」

若是很久以前的愛情浪漫作品之類，這種情況下會流淚讓對方甦醒，可是比起難過，反而在驚訝中流不出淚來。

不，如果只要有水就可以，我倒是有方法。

我稍微對她的臉施放冰雪魔法。

這樣應該可以當替代品吧。單純以威力而論是比水還強呢。

直接施放有可能變成攻擊，因此我對地面施放，產生冰塊。

然後啪哩一聲打破冰塊，敷在她的臉上。

「來，涼涼喔，涼涼喔，冰冰涼涼喔～」

過了大約十秒鐘——

「好、好冷！好冷哪！」

別西卜醒了！

「啊，早安，別西卜！」

「竟然這麼亂來！害小女子夢見被魔王大人的魔法冷凍哪！」

「因為不這樣做，妳醒不了，有什麼辦法。不過，這下子鬆了口氣啦！」

我以公主抱的姿勢抱起別西卜。

她可能還步履蹣跚，至少送她回休息室吧。

「喂……這樣太醒目了……況且又有這麼多觀眾……」

「傷患別這麼多意見。剛剛腦震盪會腳步踉蹌，走路走不穩吧。看電視上的格鬥技時，都是這樣的。」

「電視？又說出讓人聽不懂的詞彙哪……」

「噢，這就別在意了。」

我輕巧地運送別西卜，離開擂臺。碰到這種時候，狀態數值高真是太好了。

「又輸給妳了哪，完全輸啦。」

別西卜一臉痛快的表情。

「如果還想挑戰，到時候再陪妳交手吧。雖然很麻煩，實在不太想打。」

「妳明明這麼強，卻毫無血氣哪。」

沒辦法，我又不是想變強才變強的。

「這就是我的做法。走自己的路，凡事剛剛好，過著還算快樂的人生。」

「小女子如果也過這種生活，能不能變得更強哪。」

「堅持狩獵史萊姆不就好了？」

「唔……說起來職場附近根本不會有史萊姆來襲……」

原來如此……沒有主動攻擊卻狩獵史萊姆，總覺得過意不去。

「可是，如此一來妳的平穩生活可能會瓦解哪。」

「咦？什麼意思？」

不要輕描淡寫說出這麼可怕的事情好嗎？

「妳的實力從此傳遍以前還不認識妳的王國南部啦。」

「啊……」

整座會場都在為我拍手。

光榮是很光榮，但希望各位從明天開始忘記我喔！

◇

之後，我與別西卜在頒獎典禮上接受獎金與獎章之類。

「最強魔女！」「高原魔女！」「感謝妳讓我賺了十萬戈爾德！」

我適當地揮揮手，回應觀眾。還有我不接商量麻煩事的生意，拜託各位見諒喔。

附帶一提，武史萊小姐也在頒獎典禮上。

由於她名列前茅，會頒發獎金之類。

等到典禮結束後，我再一次向武史萊小姐道謝。

「真的很感謝妳治療我家女兒！」

我深深、深深低下頭去。如果沒有她的話，法露法可能會一直維持史萊姆的模樣。

「我也是，很高興能幫助史萊姆同族。很可惜中途落敗，導致獎金額度變得很微妙。」

武史萊小姐露出運動系少女的爽朗笑容說，外表絲毫沒有史萊姆的模樣。

「不過，我會再努力賺錢的！每一戈爾德都不放過！」

「噢，嗯，也對。要賺錢呢。畢竟錢很重要啊。」

「如果還有什麼史萊姆的問題不明白或傷腦筋，都歡迎詢問。此外哪裡有可以靠格鬥技賺錢的活動，也希望能告訴我。」

「明明應該是孤傲的格鬥家，怎麼這麼愛錢啊。」

「不好意思，其實這是有原因的。」

該不會是為了生病的妹妹，要籌措醫療費之類的吧……

「因為賺錢就是我的興趣。」

好膚淺的原因!!!

雖然武史萊小姐靦腆地說，但她的生活方式真是世俗到不能再世俗。

「不過我聽別西卜說，妳治療法露法卻連一戈爾德都沒收。妳果然是好人呢。」

如果要我付一億戈爾德，我也只能照付不誤。

「因為彼此都有求於人啊。還有……其實我有一事相求……」

武史萊小姐的視線略為上揚。

我這時候才發現，她的身高以女孩子而言也算矮。

「有事相求究竟是什麼事呢……？」

老實說，我不明白她的意圖。如果她想要報酬的話，一開始索取診療費不就好了嗎？

以前發生過不少事，我手裡也有一定積蓄（哈爾卡菈經營工廠也占很大一部分），即使不到幾十億戈爾德，依然能拿出很大一筆。只不過，就變成我向哈爾卡菈借錢了。

結果，武史萊小姐鞠了一個九十度的躬。

「拜託您！亞梓莎小姐，請收我為徒吧！」

「咦!?徒弟是指格鬥技的吧……？」

武史萊小姐維持九十度鞠躬說。

「是的，沒錯！我以前從未見過有人使出如此優秀的打擊技！為了完成自己目標的最強格鬥技，務必讓我拜您為師！」

「拜託，我沒有格鬥技的經驗喔!?真的沒有什麼可以教妳的！」

武史萊小姐頓時抬起頭來。

這次擺出標準的「立正」姿勢。

「沒有這回事。您不是具備獨自的武術型態嗎？我以前從未見過呢！」

「哪有啊？我反倒想問妳呢。」

「乍看之下都是破綻，但是連決賽的別西小姐都完全無法擊中您呢。我頭一次見到如此特殊的武型！肯定是祕不外傳的招式吧！」

※真的只是破綻百出而已。

「乍看之下破綻百出，卻不知為何毫無破綻。或許這才是終極的格鬥技。維持自然體，這才是最強的——真是深奧啊。除了我以外，只要是持續修練格鬥技的人，都會嚮往這種境界！」

武史萊小姐的眼睛炯炯有神。

怎麼辦……

如果說我因為狀態高，只會靠硬碰硬的話她會相信嗎……

好像只能這樣告訴她了呢……

「別西小姐的力量也很驚人。簡直就像魔族幹部真的前來一樣。一開始本來想拜別西小姐為師。可是，別西小姐竟然完全施展不開！亞梓莎小姐是神啊！」

※魔族幹部真的跑來了。

「呃，妳向別西拜師不就好了嗎……」

© Benio

我決定統統甩給別西卜。

「這個呢，既然要拜師的話，當然要找最強的人啊。」

追星族喔！

「拜託您，請收我為徒吧！讓我稱呼您師傅！」

天啊，她又九十度鞠躬了……

「不論多麼嚴苛的修行我都會熬過的！」

「我根本沒有經歷過什麼嚴苛修行啊……」

該怎樣才能讓她相信呢……

「其實，我不是有意要欺負妳。真的是過著慵懶的慢活而變強的。因為沒有基礎，才會看起來破綻百出。以上這句話字字屬實！」

「…………我明白了。」

太好了，她終於理解了嗎？

「那麼，請讓我與您交手一次！我想親身體會亞梓莎小姐有多強，試著以自己的頭腦思考！」

「根本不明白嘛！」

為什麼非得與治療法露法的恩人對戰呢？

人生也太無常了吧，要是揍她踢她可能會遭天譴。

可是，如果這樣能讓她放棄就好。

地點在觀眾已經散去的會場角落。

在這裡過兩招應該也不會惹出麻煩。

「那就開始吧。不過，拜託妳不要擅自崇拜又擅自幻滅喔。我從一開始就沒有自豪過任何東西。」

「明白！敬請多多指教！」

她應該比別西卜弱，適當與她過兩招就可以了吧。

武史萊小姐迅速擺出自己的架式。

不愧是長年習武之人，十分有模有樣。

與打架的人擺出的架式完全不一樣。類似氣場的感覺看得出是行家。

「畢竟一直以這身武藝賺錢，我其實也不弱呢。」

原來如此，不是嘴上說說而已呢。

無可奈何之下，我也隨意擺出我流架式。

「果然是外行人的架式……破綻百出……不如說正因為破綻百出，搞不懂究竟是不是真的破綻……」

「絕對是在嘲笑我吧！」

不過關於架式，對方可是真功夫，被對方瞧不起可能也無可奈何。
「我曾經拚命在史萊姆堆中戰鬥，讓自己成為不輸任何人的史萊姆。最後，終於成為足以戰勝二十級上下冒險家的史萊姆了。」
「這對冒險家也太狠了吧！」
「之後繼續反覆鍛鍊，終於可以變成人形。然後從此為了認真學習武藝而生活。」
原來如此，是以求道精神生活的嗎？
「後來以人類身分生活，得知金錢的重要性，生存之道就變成不停賺錢。沒有錢就活不下去，沒有錢的人是廢物，只要有錢連愛情都能買！」
因為誕生時住在不需要金錢的世界，可能導致她變得特別極端。真可憐……
「歪得太離譜了吧！」
「看我矯正妳的個性吧！」
「那麼，我要上囉！嘗嘗武史萊流的史萊姆拳法！」
好，與迎戰別西卜一樣，以反擊決勝負！
眼看武史萊小姐縮短距離！
不過，中途武史萊小姐突然停下腳步。
難道與別西卜一樣，看到對手破綻百出反而難以進攻嗎？
只不過仔細一瞧，武史萊小姐的腳在發抖。

武者顫抖？雖然幻想世界中可能沒有武者。

奇怪，連臉色都發青呢。難道身體不舒服之類嗎？以前在新聞上看過，相撲裡也有像是比賽中突然肚子痛的最糟糕情況。

「好、好可、怕………」

武史萊小姐連開口的聲音都在顫抖。

可怕？

這個，畢竟與大賽冠軍對戰，一般人都會害怕吧。但她也是選手，而且還主動挑戰耶。

如此充滿矛盾，導致我不明白她的意思。

「我感覺到強得離譜，彷彿巨大岩塊般的殺氣……這就是最強的格鬥家嗎……」

「什麼殺氣，我又不是殺手或劍客……」

充其量只是過著悠哉慢活的魔女喔，過著與血腥味完全無關的日子。

「不，只有奪取過超乎想像多性命的人，才會具備這種氣場……靠近就會沒命……！」

「說得太過分了吧！不要把可愛的魔女說成殺人魔！」

………？

我是沒有殺人啦。

倒是殺過史萊姆。

而且，對手原本是史萊姆。

「史萊姆的靈魂告訴我！再靠近的話會沒命！」

謎題解開了。

畢竟我對史萊姆而言，可是天敵中的天敵呢。一般而言，沒有人類會持續狩獵史萊姆三百年，因此我很有可能是全世界狩獵史萊姆最多的人。

武史萊小姐可能敏感地認知到這一點。

部分可能也是磨練過感覺，才能施展格鬥技吧。

我主動走近一步。

汗珠從武史萊小姐的臉頰上滑落。

戰鬥尚未實際開始，多半是冷汗。

我再度走近一步。

武史萊小姐上半身略為後仰，似乎本能地試圖躲避我。

最後我快步接近至武史萊小姐的正前方。

「救、救命……………」

武史萊小姐就這樣睜著眼睛，暈倒在地。

似乎是恐懼讓她放棄理解我。

「真正的武鬥家甚至不需要碰觸就能擊敗對手——是這個意思嗎？」
贏是贏了，但是自己好像變成難以言喻的怪物，身為女生感到心境極為複雜。
這也太沒禮貌了吧……

◇

三十分鐘後，武史萊小姐醒了。
「咦，這裡是……休息室嗎……？」
「嗯，暫時先將妳送到這裡來。」
「——哇！這不是世界最強生物亞梓莎小姐嗎！」
差不多該向哪裡報告她騷擾了喔……
「想不到在碰觸之前就分出了勝負。可能什麼收穫也沒有，但我可不負責喔。」
「是的……我還欠缺火候……知道自己連接近可怕到極點的事物都沒辦法。我還需要多加鍛鍊。」
能不能以女性對待我啊，至少以人類對待我好嗎？
我好歹外表年齡是十七歲呢！去日本的話會被當成高中女生的年紀喔！
「啊，武史萊小姐醒了～！」

身後傳來可愛的聲音。

是法露法，其他家人也齊聚一堂。連別西卜也在。

「一直獨自等待也怪怪的，所以找大家來了喔！」

「已經分出勝負了吧，閃人囉。」

武史萊小姐見到別西卜的面貌，眼神頓時一變。

這可能就是尊敬的眼神，毫無疑問吧。

「啊！這不是別西小姐嗎！正式賽程受您照顧了！下一次我會盡力賺得比別西小姐多的！」

難道她開口不提錢字就不會過癮嗎？

「多虧妳的幫忙，法露法才能恢復原狀。該道謝的是小女子才對。」

別西卜得意地說。

「武史萊小姐，再一次感謝您！法露法成功恢復這個身體了呢！」

禮貌的法露法露出笑容道謝。好，能確實道謝呢。代表我的教育十分周全。

「不不不，區區小事何足掛齒。不過，法露法妹妹的媽媽還真是不得了呢……」

「嗯，媽媽是世界最強的喔！」

雖然這句話與小孩子說「媽媽是全世界最溫柔的人」是一樣的誇示，但我可能真的是世界最強的人。雖然我一點也不打算以此自豪。

「是的，這句話的確不假。今後我會繼續磨練技巧……」
有上進心是好事。也為了法露法與夏露夏再度變回史萊姆的時候，可千萬別因為特訓而死翹翹啊。
「所以說，別西師傅，能收我為徒嗎？」
武史萊小姐在別西卜面前低頭。
「啊？為什麼小女子得做這種麻煩事啊！小女子可沒打算收徒弟哪！」
別西卜一下子回絕。畢竟實在太麻煩了。
「在大賽上我明白，您具備堪比惡魔的強大實力！請務必讓我修行吧！」
「那還用說，怎麼會輸給區區惡魔哪。不過小女子不收徒弟，收了多半會被部下嘮叨，要小女子專心工作。」
「咦，另外有本業卻還這麼強嗎!?請問您何時訓練之類呢？」
一般而言，確實會驚訝。
「只是適度鍛鍊而已。但是在遇見亞梓莎之前一直偷懶。好不容易為了報一箭之仇而鍛鍊，但還是不夠呢。」
「拜託您！請收我為徒吧！」
「少來！小女子沒有什麼東西能教別人！」
別西卜出乎意料地堅決反對。可能是本能覺得煩人吧。

「機會難得，就收她為徒吧（知道她在哪裡，以後女兒變成史萊姆也能找到人）。」

「妳啊，企圖太明顯啦！」

「拜託您！要洗盤子要做什麼我都願意！」

看著她們的互動，我同時抱起法露法。

「法露法，今天可以盡情撒嬌沒關係，想吃什麼嗎？」

「媽媽，法露法想吃點心！」

之後，因為一直被糾纏，聽說別西卜終於點頭答應收她為徒。

真期待武史萊小姐前往別西卜的故鄉後，會有什麼反應呢。

不過，史萊姆也是魔物之一，總會有辦法的吧。

法露法與夏露夏

史萊姆的靈魂凝聚而誕生的妖精姊妹。姊姊法露法是坦率面對自己的心情的天真女孩。妹妹夏露夏則是關懷入微又善解人意的女孩。兩人都非常喜歡媽媽亞梓莎。

……即使身體沉重，內心也要保持輕盈。
媽媽～媽媽～！最喜歡媽媽了！

哈爾卡菈

精靈女孩，亞梓莎的徒弟二號。具備人人羨慕的完美容貌，以及不時展現的成熟風範，讓家人（主要是亞梓莎）十分嚮往……不過依然還是家人中的殘念系角色。

這一次，絕對沒問題的！

別西卜

人稱蒼蠅王的高等魔族。由於哈爾卡菈釀造的『營養酒』，以及對法露法與夏露夏宛如姪女般疼愛，頻繁往來於魔界與高原之家。是亞梓莎仰賴的「姊姊」。

說小女子即使嘴上
抱怨卻還是來幫忙？
怎麼說這種話哪！

舉辦了烤肉大會

She continued destroy slime for 300 years

法露法恢復後，高原之家久違的平穩日子再度復活。

「來，今天是我特製的沙拉喔。淋上芝麻醬汁享用吧。」

大家享用哈爾卡菈製作的蔬菜沙拉代替早餐。

除了大約活了五十年的兩個女兒以外，所有人年齡都是三位數，因此是長壽一家，會更加注重健康。

「唔～蔬菜對美容有益，但偶爾也想大口吃肉呢。」

「我與萊卡意見相同。」

萊卡與芙拉托緹提出很龍族的意見。

「龍族只吃這些的確會肚子餓呢。」

「是的，主人。龍族就是要大口吃肉，這樣吃會消瘦的。」

芙拉托緹的食量基本上比萊卡還大，可能更覺得沒味道。

「總覺得我製作的沙拉受到批評呢，感覺好難過……」

哈爾卡菈露出有些落寞的表情。對於精靈哈爾卡菈而言，素食主義如家常便飯，被人抱怨難怪會不知所措。

另一方面，從天花板附近看著我們的羅莎莉，

「活在世界上，連吃東西都得多方考慮才行呢。」

如此表示，津津有味地對宛如純粹的觀察對象點點頭。

感覺就像完全不釣魚的人，在一旁看著釣魚釣得正起勁的人吧。

「總之，沙拉本身就是一道獨立料理，大家就吃吧。肉類等下一次我值日的時候，會去買點雞肉之類回來。納斯庫堤鎮還有店家販賣味道優質的品種雞肉。」

由於哈爾卡菈在納斯庫堤鎮經營工廠，對鎮上的店家也瞭若指掌。

「呃，哈爾卡菈，不是這樣。怎麼說呢，雞肉啊，味道不夠。」

結果芙拉托緹露出『妳根本不懂呢～』的表情。

「關於這一點，吾人倒也不是不明白她的心情。」

萊卡雖然說得很含蓄，但換句話說，她的意見似乎與芙拉托緹相同。

兩人似乎經常互相較勁，卻也有不少想法一致的例子。

或許其中有什麼微妙之處，必須身為龍族才明白吧。

「也就是說，雞肉終究是禽鳥。吃禽鳥實在沒什麼感覺，就是肉質太過清爽了。如此一來，乾脆吃特大蛋包飯比較好。」

「就算這麼說，在我居住過的土地上只有飛禽，頂多只狩獵得到鹿之類呢。」

「啊～鹿嗎？這有點可惜呢。總之，如果不是更野獸的肉類，就提不起勁享用。與其說提不起勁，其實就是缺乏活著的感覺。蔬菜沙拉太規矩了，應該對吃的樂趣更坦率些吧？」

「我也逐漸明白芙拉托緹的意思了。」

這個啊，就是高中男生在社團結束後，跑去烤肉吃到飽的店吧。

其實高中女生也一樣，運動社團的高中女生超會吃。

「老實說光吃肉對健康很不好喔，在營養均衡方面也有問題。而且如果勉強自己撐得很飽，對身體更不好。可是——」

這時候，我啪的一聲，輕輕一拍桌子。

「人生有時候也會想刻意暴飲暴食呢，畢竟動物都具備想野蠻一下的欲望啊！」

在烤肉BBQ上，將肉硬塞進嘴裡的記憶跟著復甦。

其實那樣也不壞。

「真不愧是主人！非常了解龍的心情呢！」

受到芙拉托緹的誇獎，雖然我只了解高中生的心情而不是龍的心情，參加社團的高中生＝龍族的理論就此誕生。

「法露法也喜歡肉喔！」

法露法活力十足地舉手，夏露夏也在一旁不停點頭。可能因為兩個女兒是史萊姆，什麼都可以吃。雖然或許年紀還小，比起蔬菜更喜歡吃肉。

「可是，這一帶很難弄到獸肉呢，況且野獸並不是很多。」

萊卡一臉不知如何是好地歪著頭。

沒錯，這一帶的高原太和平了。

當然，這也是我自作自受。

轉生時要求過悠哉的生活，誕生在魔物與野獸都很弱的地方是很自然的。

「既然可以搭乘萊卡與芙拉托緹移動，就找找野獸較多的土地吧。這倒是可以接受。」

這可以當成妥協方案。

機會難得，找一處能以野餐的感覺前往的地點。

——這時候，傳來咚咚，咚咚的聲音。

是相當輕柔的敲門聲。

從聲音聽起來，九成是女性吧。或者是一大早，體諒可能有人還在睡覺也說不定。

打開門一看，見到娜塔莉小姐。

娜塔莉小姐是弗拉塔村的公會職員。

我們家的生計有賴狩獵史萊姆的魔法石，因此也十分熟識換錢處公會的娜塔莉小姐。

如果純論儲蓄，哈爾卡菈的工廠當然多得多，但這些錢原則上是進哈爾卡菈的荷包。

「咦，娜塔莉小姐會來真是難得呢。今天公會那邊休假？」

「不，是覺得現在還來得及上班，才會直接前來。因為事情有一點急。」

換錢的確是一個星期集中換一兩次，久一點甚至一個星期都沒見面。

「什麼事？會來找我的話，多半是狩獵魔物之類？」

雖然我不是冒險家，但村子裡出現魔物之類，我會出面驅逐。

「嚴格來說，不是魔物而是野生動物……」

有這麼危險的動物嗎？

「總之先進來吧。機會難得，我想告訴全家人。」

我歡迎娜塔莉小姐進入家中。

夏露夏對難得的客人露出些許驚訝的表情，不過大家都很有禮貌，沒問題。

「好，那麼娜塔莉小姐，請說吧。」

「不是我們州，而是鄰州的鄰州，那裡有一片叫做倪路卡的森林。」

「嗯嗯。」

聽到地名後夏露夏回到房間，可能是要拿鄉土誌之類的書籍。夏露夏的房間有許多書。書本在這個世界十分珍貴，依照情況不同，光是書籍就是一項財產。

「那片倪路卡森林有一種野豬，叫做長槌野豬。」

「好像在那裡聽過類似的名字……噢，以前曾經狩獵過名叫長矛野豬的魔物。」

記得是在前往萊卡姊姊結婚典禮的途中。

「名稱很相似，但是這種並非魔物而是野獸，不會掉落魔法石。頭部又長又硬，習慣以頭槌對付敵人。」

就算有這種野獸，也不足為奇呢。

「這種長槌野豬最近劇增，好像連在地冒險家都窮於應付。即使還算熟練的冒險家都嫌棘手……聽說數量很多，馬上會陷入包圍而面臨危機呢。」

「數量一多似乎就會有這種問題呢，雖然我不太清楚。」

根據冒險家的說法，即使一對一沒什麼大不了的魔物，遭到包圍也會一下子變成威脅。

就像一次一小時做完的工作，一天接到十五個可不是開玩笑的。

畢竟當年的社畜時代，這種事情根本稀鬆平常……準時下班根本遙不可及。

不行，不行，負面記憶又浮現了。話題回到野豬上吧。

「反正有冒險家公會，只要發出徵人委託不就好了嗎？」
這麼說有些不好意思，但連這種小事就要拜託我們的話，有幾個身體都忙不過來。
況且這種程度的野獸，絕對有冒險家能狩獵。
「其實……倪路卡森林附近是人口稀少的地區……根本拿不出錢雇用許多冒險家……雖然勉強能湊錢雇用幾人，可是需要多達幾十人的規模就實在沒轍……」
人數是夠，卻沒有錢雇用。鄉下就是這一點難為啊。
關於這方面，原本覺得政府單位該拿出辦法。但是以這個世界的價值觀，完全有可能講出「那就拋棄村子，搬到其他地方去」這種話，也不是不明白無法在小村子挹注財源的苦衷。
「數量增加的長槌野豬已經開始在人類的居住範圍出沒，再這樣下去，可能真的演變成必須放棄村子的情況……」
怪不得她會急忙趕來。
不趕快想想辦法，村子就危險了。
「救援委託甚至傳到我們公會。所以才認為，高原魔女大人一家可能只要幾人，轉眼間就能狩獵長槌野豬……」
老實說，應該能輕鬆搞定。

如果能憑自力阻止村子毀滅，那就出手相助吧，反正對我們又沒什麼大礙。

「既然是這樣的話，我知——」

「嗯，那就上吧！」

芙拉托緹打斷我的聲音，興致勃勃地回答。

「看我以一分鐘一隻以上的速度狩獵。即使不變成龍，這點程度依然難不倒我。」

「芙拉托緹，妳還真是起勁呢……呃，雖然完全沒問題。」

「主人，這簡直是為我們龍族量身打造的委託喔！」

我還不太明白她的意思。

「這種野豬不是魔物吧。意思是狩獵後不會變成魔法石，會留下屍體。」

「嗯，以自然之理而言是這樣。」

「換句話說！可以盡情吃野豬肉吃到飽嗎！」

喀噠！

連萊卡都忍不住站起來。

「沒錯！這樣可是不得了的分量呢！」

「難得可以讓胃袋開心一下！非去不可呢！」

可能頭一次見到兩隻龍這麼興奮……

即使我們家與情事無緣，但真的是吃比異性重要呢……

娜塔莉小姐一臉茫然，望著我們家人。

「這個，是可以吃野豬……但不只一隻兩隻而已喔……？可不能吃掉兩隻野豬就說到此為止，還請各位理解喔……？」

她們的確看起來只想到吃而已呢。

「不用妳說也知道，一百隻兩百隻都照吃不誤！」

食用單位已經以「隻」計算了嗎，她們到底想吃多少啊。

「野豬肉很腥，知道什麼好的調理方式嗎？」

這種肉啊，狩獵後多半必須迅速將血放乾淨才行。

「主人，對龍族而言有腥味才好！」

「亞梓莎大人，強烈的氣味也是野豬肉的特色呢。」

兩人熱烈地討論。

龍族的世界也很深奧呢……

◇

我們分別乘坐變成龍的萊卡與芙拉托緹，前往倪路卡森林。

由於必須向村子說明，也讓娜塔莉小姐一起來。

娜塔莉小姐是頭一次乘坐龍，起先雖然膽顫心驚，後來似乎逐漸習慣，享受從高空見到的景色。她的膽量還滿大的呢。

或許工作上要面對粗魯的冒險家，也會培養膽量吧。

首先降落在村子裡，向村長打招呼後，確認長槌野豬的出沒地點。

「森林中有一條小河，野豬群似乎經常來到該處喝水。」

「在河邊烤肉……不錯呢……」

「好像露營一樣，別有一番風味喔！」

兩隻龍的表情彷彿口水快要滴下來。

「那麼我們去看看吧。不過……考慮到安全方面，法露法、夏露夏、哈爾卡菈留下來好了。」

即使是野豬，也頗為凶暴。以防萬一。

「師傅大人，我想進森林採摘蘑菇……」

「我明白哈爾卡菈妳的心情，但現在先自愛一點。」

不好意思，我只預料妳被野豬包圍陷入危機的未來。

「哈爾卡菈小姐，夏露夏想去村子裡的歷史民俗資料館。」

「夏露夏妹妹的興趣也太典雅了吧。不過，或許正好用來打發時間。」

哈爾卡菈似乎願意幫忙帶孩子，就趁這段期間狩獵野豬吧。

我與兩隻龍，還有擔任偵查的幽靈羅莎莉分頭進入森林。

另外，萊卡與芙拉托緹都維持人類外表。畢竟以龍的模樣戰鬥，讓森林結冰或燒了森林都不是根本解決之道。

「啊，這樣也明白野豬繁殖的原因了。道路艱險又難走，由於人類難以利用，野豬才得以安全地增加。」

萊卡的感想應該是正確的。

森林裡的小路與獸徑沒有兩樣。一不小心，就會陷入森林中。

而且藤蔓或蜘蛛網之類也肆無忌憚蔓延，十分煩人。

「我們的能力很高還無所謂，普通冒險家可能就寸步難行了……」

「肉肉，肉肉，肉肉喔♪」

其中，唯有芙拉托緹特別起勁。

「滿滿的肉汁，飛濺的肉汁♪就像喝飲料～♪」

雖然心想她到底有多愛吃肉，不過這麼愛吃肉也是健康的證明，其實並不壞。

以前我當ＯＬ的時候，一下子流行純素主義，一下子流行樂活族之類莫名其妙的詞彙，有點受不了。

我實在不喜歡將用餐當成時尚，提高自身印象的做法……

※這是個人感想。

如果變成大胃王對決，就好像以吃東西當遊戲，我不認為是好現象。不過好好大快朵頤一番就像動物本能，其實也不壞。

羅莎莉穿過樹木，調查前方是否有動靜。

她是這次作戰中不可或缺的角色。

可是，以幽靈的身分持續存在，某種意義上不就是最強的金手指？

「差不多快見到了。只要筆直往前走，中途會走下斜坡，最後抵達溪谷。大姊與兩位姊姊都筆直往前進吧！河邊大約有十五隻野豬。」

根據羅莎莉的說明，野豬數量似乎相當多。

「十五隻野豬……好，上吧！衝囉！」

芙拉托緹的幹勁似乎更加過熱，在森林中往前衝。

「單獨行動要節制！」

「萊卡，這時候應該喚醒野性本能！別阻止我！」

萊卡似乎也明白芙拉托緹的意思，並未再多說什麼。

話雖如此，又是藤蔓又是樹枝實在太礙事了——

在下坡附近，芙拉托緹勾到了樹枝。

「愈是掙扎，反而糾纏得愈緊……由於還有伸縮性，很難切斷呢……」

「妳看看，誰叫妳硬衝呢……」

我摘掉芙拉托緹身上的樹枝。變身成龍多半可以強硬扯斷，問題是又不能這麼做。

「真是的！衣服害我勾到了樹枝！」

「怎麼可以為了這種小事焦急呢，穿衣服是理所當然的吧。」

感到不置可否的同時，我讓芙拉托緹擺脫樹枝的糾纏。

芙拉托緹又是撩起，又是拉扯自己的衣服。反應好像頭一次見到衣服。

「……………野性的本能逐漸變強，感覺衣服愈來愈礙事。」

說著，芙拉托緹當場開始脫衣服。

與其說脫衣，粗魯的動作更像是拋棄衣服。

「等、等一下！妳在做什麼啊!?」

「難道妳瘋了嗎？」

「啊，對喔，活著就能脫衣服了呢～」

只有羅莎莉說出離題的感想，但這可是十分異常的情況。

什麼地方的森林中會有想脫光光的女孩子啊!?

「主人，不好意思，藍龍在變成龍時當然不會穿衣服。所以總覺得這些衣服很礙事……受到吃野豬這句話吸引，想回到平時的自己了呢。」

「或許是這樣沒錯，但女孩子這樣太不檢點了！」

交談過程中芙拉托緹依然繼續脫衣服，最後只剩下內衣。

這孩子多半也是問題人物！

「請主人放心，反正這座森林沒有任何人。只要沒被發現裸體，就與穿著衣服一樣。」

「這是什麼歪理啊！」

還有，這種宛如 **Flag** 的發言，最好別說出來比較好。

芙拉托緹終於連內衣都脫下，隨手一丟。連尾巴的根部都清晰可見。

「自由啦～！我自由啦！」

然後直接衝下斜坡。

由於衝得太猛，分不清她究竟是摔下去還是跑下去。

「跑掉了呢……」

「不好意思，亞梓莎大人，吾人代表龍族向您道歉……她從以前就經常做出突發性的行動。甚至心血來潮想與紅龍吵架，就跑來吵架……」

萊卡扶額傷腦筋。

「我好像有點明白了。」

襲擊結婚典禮的時候，看起來也沒有任何縝密的計畫。

「基本上就是個笨蛋……不過，唯有行動力特別強，似乎也因此領導藍龍。但充其量只是有行動力，別說發揮領導能力，連擬訂計畫都不擅長……」

「藍龍也真是辛苦呢……」

反正在專利上，又沒有其他冒險家負責狩獵野豬，不會發生什麼幸運色狼事件吧。

應該說，撞見的冒險家反而會嚇到……光溜溜的女孩子跑來，可能會以為發生什麼事。

「前方依然是有些陡的斜坡，大姊與姊姊要慢慢走下去喔。」

「嗯，羅莎莉，我們會以自己的速度走。」

就這樣，我們花了十五分鐘，緩緩走下森林。

不知為何，芙拉托緹哭著從前方跑回來。

「一來到河川，居然有人，被看見裸體了……」

「看吧，就叫妳穿著衣服了……沒有被毛手毛腳吧？」

「好像是女性，倒是沒有怎樣。對方一臉怎麼回事的表情。」

或許反而是對方感到無妄之災。

「吾人拿衣服來了。在這裡穿上吧。」

萊卡將衣服交給她。在這方面，萊卡真的很會照顧他人。

「謝、謝謝妳，萊卡……我欠妳一次……」

「不用欠了，趕快穿上衣服吧。」

然後，芙拉托緹衣穿上內衣——

「好，這樣就不會難為情了！之後再幫我拿來。」

「啊？」

「我再過去河邊看看！」

隨即轉過身跑走。

喂！為什麼只穿內衣就覺得沒問題啊!?

「萊卡，追上去吧。再這樣下去會被當成暴露狂集團！」

「的確……讓她穿上衣服吧！」

「我是幽靈，要怎麼加速都沒問題！」

我們以河川為目標，奔跑在群樹之間。

跑了一會兒聽到水聲傳來，似乎已經接近目的地。

再跑大約五分鐘後，來到了河川旁。

雖然水淺，但河寬大約有五公尺，長槌野豬會當成覓食處也不足為奇。

「嗯，風吹起來好舒服喔！」

芙拉托緹身穿內衣，特別興奮。

「拜託不要以這種模樣強調舒服……這裡畢竟有人吧……穿上衣服。」

「咦，跑到其他地方去了嗎？沒發現人呢。」

的確，沒有半個人影。

該不會見到全裸的芙拉托緹，覺得噁心才嚇跑的吧……

這個可能性最高喔。

「還有，主人，現在不是穿衣服的時候了。」

「絕大多數情況下，穿衣服都是優先事項。」

「不，敵人已經逼近了。」

環顧四周後，發現長槌野豬已經聚集而來。

頭部特別突出，而且該部位似乎特別堅硬。

有幾隻還搖晃頭部以示威嚇，裝腔作勢嗎？

「原來如此，迫不及待要攻擊人類啊。那就搞定牠們吧。」

「好的，讓我們開始狩獵吧，主人。」

「與亞梓莎大人進行過的狩獵史萊姆特訓，就讓牠們見識成果！」

萊卡雖然說是特訓，其實沒有那麼誇張。

我們分別衝向附近的野豬。

首先靜觀其變，看看這種動物會怎麼行動。

野豬迅速以頭部撞過來。
我們立刻躲避這一招。
動作相當犀利。如果遭到包圍，冒險家可能會嚇破膽。
我刻意以手擋住野豬的頭部攻擊一次。
手上傳來沉重的觸感。
「原來如此，堪比有一定實力的力量鬥士呢。」
由於野豬沒有撞飛我，困惑地焦急發出「噗噗、噗噗噗？」的聲音。
那就驅除牠吧。
我一拳搥下牠的頭。
有一擊穩穩搞定的觸感，多半頭骨凹陷或破裂了吧。
只見野豬晃了晃，朝橫向倒下。畢竟我可是等級九十九呢。
下一隻野豬準備攻擊我而接近時，我蹲下身子使出上鉤拳。
野豬劃出弧線軌跡，被打飛之後撞上地面。
剛才是配合敵人的攻擊使出的一擊，看起來好像沒死，身體還在抽動。
「嗯，差不多就像這樣吧。」
眼看野豬依然不打算停止攻勢，不過我逐漸掌握訣竅了。
另外兩人的情況如何呢？

萊卡像拳擊手一樣連續揮拳，壓制野豬。
「攻擊是最大的防禦！吾人絲毫沒有破綻！」
最後以一記俐落的踢腿踹飛野豬ＫＯ。
動作乾淨俐落，宛如教科書。
不意外，即使變成人類型態，也不可能輸給這種程度的敵人呢。
接著野豬試圖以堅硬的頭部夾擊，不過萊卡華麗一跳，反而讓野豬兩敗俱傷。
「你們缺乏修練呢。」
野豬需要什麼修練咧。
好，萊卡這邊沒問題，至於芙拉托緹——
不知不覺中，內衣被野豬的頭勾住，芙拉托緹追在後頭。
「等、等一下！還給我！」
「拜託！妳在做什麼啊！」
「主人，剛才我以為躲過了，結果內衣卻勾住牠的頭……啊！別逃！正面與我芙拉托緹戰鬥！」
好像原始人的反應……
即便如此，芙拉托緹依然準確打擊接近自己的野豬，加以驅除，卻尚未打倒最關鍵的內衣小偷。

「終於追上你了！」
漂亮的下墜踢在野豬身上炸裂，野豬被踹飛至河川方向墜落。
然後，內衣準確地順流而下。
「嗚哇啊啊啊啊！被沖走啦！是我錯了！是我芙拉托緹錯了！我不該突然脫衣服！」
天啊，真是流水無情……
即使芙拉托緹伸出手，與胸罩的距離依然愈拉愈開。
不過，事情卻變得更加嚴重。
其他野豬將芙拉托緹丟下的衣服頂在頭上移動。
可能是翻找衣物，看有沒有什麼食物，結果勾到了衣服吧。
「嗚哇啊啊啊！要是沒了衣服，回去的時候可就傷腦筋了！最壞的情況下，內衣可以妥協，但衣服真的不行啦！」
芙拉托緹露出拚命三郎的表情。
面對小咖的野豬陷入意想不到的熱戰!?
「藍龍踢！」
芙拉托緹一擊命中，野豬就像紙糊的一樣被輕易踹飛，然後連同衣服一起掉進河裡。

嗯，果然連同衣服。

只見芙拉托緹的衣服優雅地漂走。

「嗚哇啊啊啊啊啊啊！等一下，等一下！雖然那的確不是我喜歡的衣服，甚至心想今天穿髒就丟掉也可以，但是等一下啦～」

拜託想一想踢腿的方向嘛，芙拉托緹……不過碰到這種時候，不論怎麼掙扎都會出現反效果呢。

一臉茫然的芙拉托緹身後再度出現長槌野豬。

內褲勾住野豬的頭。

啊……我知道結局了。

「等一下！有話好說！饒了我吧！饒了我吧，拜託千萬別這樣！雖然剛才說了一大堆本能之類，但龍族其實是很有文化的生物！」

嘶哩，嘶哩哩哩……

內褲破裂，變成一塊曾經是內褲的破布。

這時候，芙拉托緹的心中似乎啟動了什麼開關。

「我、我受夠了……你們這些野豬！既然你們都裸體，我芙拉托緹也裸體戰鬥吧！這才叫做來真的！對不對？是這樣對不對？裸體有什麼錯？天底下有哪種生物穿著衣服誕生的？根本沒有嘛！我芙拉托緹一點也不奇怪！」

不對，很奇怪吧？妳現在的舉動絕對很奇怪吧？
話雖如此，她應該已經聽不進去了。
只見芙拉托緹以猛烈的氣勢一一狩獵野豬。

大約過了三十分鐘，狩獵野豬行動暫時休息。
包括躲在附近的野豬，結果狩獵了一百隻以上。
狩獵的野豬在河畔堆積如山。
這些野豬的攻擊性相當強，不斷主動衝過來。
因此以戰鬥中狩獵的數量來看，某種意義上很有效率。
如果我們進入森林不斷兵分多路狩獵，會花太多時間。
不過對兩位龍族而言，接下來才是重頭戲。
萊卡迅速在河邊設置烤肉用器材。
行李相當大一包，看來一切都是為了烤肉。
設置結束後，以特別大的刀子切分豬肉。雖然多少留意避免腥味，但總之數量眾多，只見萊卡切個不停。
另一方面芙拉托緹依然裸體，默默收集當燃料的薪柴。
「總覺得繞了一圈後，覺得愈來愈舒服了喔！在森林裡烤野豬大吃一頓！這才是戶外活動的醍醐味！」

雖然裸體有點超過，但這股幹勁很好！還有，原來這個世界有戶外活動的概念啊！

真想讓在日本提倡豪華露營的人見見這幅光景。

絲毫沒有優雅可言，連食材都只有野豬肉而已。

「羅莎莉，野豬暫時不會再襲擊了嗎？」

「由於野豬群完全遭到反殺，看來已經撤退了。目前多半可以放心。似乎也沒有正在接近的集團。」

那麼好好大快朵頤一頓也沒異議囉。

「這麼寬敞應該沒問題吧。」

萊卡吐火點燃柴火。從女孩子的口中吐火很超現實，但我已經逐漸習慣了。

肉發出滋滋聲逐漸烤熟。飄起香味撲鼻的白煙。

「油脂四處飛濺耶！好燙！」

「妳現在全裸，不要亂來！離遠一點！」

負責烤肉的人是我。剩下兩人即使沒烤熟都照吃不誤，因此無法放心。

實際上，我們三人都沒有弱到吃沒熟的肉會吃壞肚子。

不過心理上不想這樣。上輩子食物中毒的時候，難受了好幾天……

「好啦，開始，藍天烤肉會！」

「噢噢！」」

這個世界多半沒有烤肉用的醬汁，因此準備了鹽巴。

烤肉，撒鹽，享用。

就這樣。

雖然腥臊味很強，不過以單純而強烈的鹽巴壓抑一定程度的腥味，吃起來還不錯。

有種原始的野味。

「不錯耶！這樣很棒喔！」

「對吧！亞梓莎大人，多吃一點吧！」

「這才叫吃東西嘛！吃東西就該這樣才對嘛！野蠻地大快朵頤嘛！」

光著身子說這番話真有說服力……

不過，開始時幾乎並駕齊驅地吃著，十分鐘後卻出現相當大的差距。

一直吃著野豬肉的我逐漸吃膩，另外兩人反而越吃越快。

明明以相當大塊的鐵板烤肉，卻接連不斷將下一塊肉放上去。

烤肉，吃掉，烤肉，吃掉。

宛如永動機一樣不停反覆。

「好吃，好吃，真好吃！」

「真是不錯。活力在體內湧現喔！」

「什麼餐桌禮儀，人類的禮儀，統統閃邊去吧！」

「味道確實不算高級，不過難得吃得這麼開心！」

嗯，龍族果然不愧是龍族，我感到佩服。

「吃東西就是活著的證明呢，大姊。」

羅莎莉來到我身邊。

「羅莎莉明明沒辦法吃，卻讓妳在旁邊看，真是抱歉。」

「不會，沒關係。從未見過如此閃閃發光的萊卡姊姊喔。見到了美好的事物呢。

而且幽靈沒有食慾，其實不會感到難受喔。」

聽她這麼一說，這倒是。

如果沒有必要生存，自然也不會產生食慾。

「要不要附身，稍微嘗個兩口呢？這裡還有河川，跳進河裡就能解除附身了。另外，有人從一開始就全裸，也不會弄溼衣服。」

「既然大姊答應的話，我就試試看吧。」

隨後羅莎莉附身在芙拉托緹身上。

附身後一喊「裸體！好難為情！」急忙遮住身體。

對啊，即使是幽靈，一旦有了身體也會產生羞恥心呢……

此外，羅莎莉享用過的感想是「野獸的味道呢……」

看來她不太喜歡。可能是還沒吃之前感覺最可口的類型吧。

之後，附身在芙拉托緹的羅莎莉跳入河中，順利離開身體。

「身體泡水變冷了，所以要吃東西暖身子！」

只見她再度晃著胸部，大口咬肉。

連我的感覺都逐漸麻痺，即使芙拉托緹光著身子也愈來愈沒感覺。

萊卡也不認輸地咀嚼豬肉，連碳水化合物都不需要，只吃肉。

由於肉量驚人，我逐漸覺得難受，但是在一旁看著，卻與羅莎莉一樣感到有趣。

然後，我想起為何會對眼前的光景感到滿足。

「或許我一直渴望這種女子聚會……」

生前的女子聚會都在適度時髦的店裡熱絡地舉辦。

至少在我的經驗中是這樣。

由於只有女性，當然輕鬆，也不需要在意異性的眼光。

可是，還是有他人的目光呢……

彼此留意話題等方面的同時，還得滔滔不絕說自己很厲害又了不起，就像以跨騎動作示威的一樣。

明明職場五花八門，參加者之間也不是真的在較勁。
可是，許多人一直強調自己比較幸福。
不覺得這樣很空虛嗎？妳的人生又不是在 instagram 上秀自己品嘗大餐的照片吧？我經常這麼覺得。
而這裡卻不會這樣。
真的只有烤野豬肉大吃而已。
僅只一人，甚至連衣服都沒穿。
如果社畜時代也有這種女子聚會，或許會進一步減輕壓力，過得開心一點吧。
就在我如此心想的時候，前去偵查四周的羅莎莉慌忙回來。
「大姊！有人來了！」
「咦？怎麼辦！芙拉托緹還在呢！」
「不過，是認識的人。」
別西卜抱著瓦妮雅，同時飛來。
「妳們幾個在做什麼啊……？」
只見她一臉訝異地表示。畢竟我們正在做訝異的舉動，也沒辦法抱怨。
「這個，我們在烤野豬。」
我老實地回答。

「這應該送還給妳們才前來的。」

瓦妮雅手裡是剛才芙拉托緹被沖走的衣服！

「一開始還以為發生什麼事，不過心想沒有這些可能很麻煩，才會尋找持有者。」

「謝謝妳，瓦妮雅！真的得救了呢！」

我先代替芙拉托緹道謝。

芙拉托緹也光著身子開心喊著：「太好了！鬆了一口氣呢！」

「真是的，走到哪裡都碰見妳們哪。」

別西卜雖然不置可否，不過與我們認識這麼久，似乎早已習以為常。

萊卡變成龍，從口中噴火烘乾衣服。比起人類型態，恢復龍型態的火炎威力比較大。真是奢侈的龍族用途啊。

「不過，妳們竟然已經吃了這麼多野豬啊。胃口真是好哪。怎樣，小女子們也加入吧。行不行？」

「嗯，不如說多吃點吧。一直吃同樣的味道，我開始難受了……」

我將多餘的叉子遞給別西卜與瓦妮雅。

兩名魔族從外表看不出來，宛如喝水般不斷將野豬肉塞進嘴裡。魔族果然很會吃呢……

「嗯，味道還不錯。」

「這種充滿野趣的感覺也不錯。不過，還想再下點功夫呢。」

說著，瓦妮雅扛來一個大盒子。

「這裡有調理器具組喔。」

除了調味料與其他食材，另外還裝了鍋子與調理器具，似乎準備直接開始調理。

「咦？妳隨時都扛著這個走路嗎？」

「因為我的工作包含料理啊，隨時隨地都不能忘記料理的精神。」

前往魔族城堡時，她的確負責過我們的餐飲。

「真是優質的肉，應該可以製作不錯的野味料理喔！」

然後短時間就完成了在添加香草的盤子中，淋上醬汁的野豬肉料理。

「來，這樣味道應該不一樣，可以再多吃一點了吧？」

我馬上試吃看看，毫無疑問是正式的味道。

這可是在高級法國料理餐廳端出的菜色耶！

「瓦妮雅，妳好像職業廚師呢！」

「我的確是職業廚師喔!?所以之前才負責過妳們的餐飲吧!?」

「嗯，她可是擁有調理師執照。比起事務性的工作，她更擅長料理哪。」

調理師執照，原來魔族連這種東西都有啊。

別西卜坐在大塊岩石上，優雅地享用料理。

真有上流社會的派頭啊。

萊卡與芙拉托緹也享受職業廚師的真功夫。

附帶一提，芙拉托緹的衣服還沒乾，因此吃的時候身穿內衣。

這樣的話，乾脆當作穿泳裝允許她吧。

「當然，如果在可以利用更多其他材料的環境，就可以多方嘗試了，在這裡差不多就這樣吧。有機會再來范澤爾德城喔。」

「嗯，絕對會去的。」

「是、是嗎……妳會來啊……還得，準備一番才行哪……」

別西卜似乎喜出望外，露出奇怪的害羞態度。

「嗯，真好吃！這也是我芙拉托緹脫光光的緣分！偶爾就是想試著脫光耶！」

不能說這種想法一定不對，但是也太積極了吧！

回去後要好好教育她穿衣服。

在我們聊天的一旁，吃完的萊卡再度吐出火炎，弄乾芙拉托緹溼透的衣服。

「真是的，一來到河邊，就跑出全裸的傢伙，真是嚇了一大跳……連瓦妮雅都差點直接摔進河裡哪……」

噢，原本在河川旁的就是別西卜一行人啊，況且這種地方幾乎不會有人出沒。

「如此一來長槌野豬的數量也會略微減少吧。」

「形式上是公會的委託就是了。哎呀，真沒想到會有這麼多野豬。」

這時候，我忽然浮現疑問。雖然早該察覺到了，不過全裸事件的衝擊導致我一直忘了這件事。

「妳們魔族怎麼會跑到這裡來呢？再怎麼說都不可能接受公會的委託吧。」

「是為了這些啦，這些。」

別西卜以空蕩蕩的叉子指了指肉。

「不對，這樣很怪吧。妳們應該不知道我們在這裡舉辦烤肉大會啊。」

雖然魔族可能有預知能力之類。

「不不不，我們沒打算在這裡烤肉，但是有計畫將野豬做為魔族食材活用。」

「咦!?原來還想到了這些嗎!?」

聽到這句話的萊卡，火煙威力一瞬間變強，差點燒掉芙拉托緹的衣服。

「嗯，我們早就知道這片地區的長槌野豬過度繁殖，因此已經計畫乾脆當成食材運到魔族領地去，這次就是來調查的。住在這片地區的人類也會高興，可為一箭雙鵰哪。」

「原來如此……沒想到還能這樣……」

「只要我瓦妮雅變成利維坦型態，就可以一口氣運送上千隻野豬。豬肉加工同樣在運送至范澤爾德城的途中，在船上進行即可。」

瓦妮雅稱呼自己身上為船上。似乎將利維坦當成船了。

「妳們的規模還真驚人呢……是說以這種規模狩獵野豬的話，的確不會再有受害了。」

感覺她們經營國家比人類還要擅長。

「畢竟魔族胃口很大哪，有必要以高效率的方式享用多餘的肉。以前也曾在鹿繁殖過多的地區狩獵過鹿。」

「別西卜大人是農業大臣，這些糧食問題也是主要負責人喔。」

對啊，是別西卜的本行呢！

解決這種問題，的確就是別西卜的本行。她的工作可不是傲慢地宣稱自己很了不起。

「妳剛才是不是在想微妙地失禮的事情？」

「……妳多心了，多心了。」

別西卜還真是敏銳呢……

芙拉托緹的衣服好不容易烘乾後，才穿上相隔許久的衣服。

「這就是文明的力量！感覺自己變聰明了呢！」

「這句話聽起來太傻了。妳好歹有率領藍龍的經驗，要認真一點。」

萊卡似乎覺得自己的對手這麼傻很難為情。

「或許我也有點羨慕能脫掉衣服呢，畢竟幽靈沒有這種概念。」

可能與我們一起生活的緣故，羅莎莉也萌生了時髦的思想。

等到有時間，再幫她施放改變衣服的魔法吧。

即使別西卜與瓦妮雅加入而增加了肉減少的速度，但還是剩下一大堆。

「欸，別西卜，這些肉該怎麼辦才好？」

「需要更多人哪，只能找法露法與夏露夏來了。」

雖然少說了哈爾卡菈，其實並非出於惡意，而是別西卜太喜歡我的兩個女兒了。

「也對，其實我從一開始就想找她們來。」

「嗯，小女子會保證安全，想找儘管找沒關係。區區長槌野豬，看小女子讓牠們絕種。」

心意很足，但絕種就免了。

「只要妳一放鬆，小女子對兩人的愛就是最多的囉。」

「放心吧，這種事情絕對不會發生的。我對她們的愛多到快滿出來，不，是已經滿出來了。宛如取之不盡的泉水。」

身為母親，這一點可不能退讓。

我與別西卜之間劈劈啪啪迸發火花。

應該說，拜託不要與母親較勁親情之愛好嗎？退讓一下啦。

「小、小女子又不是在說妳當母親很失格，有什麼不好嘛……」

太好了。別西卜似乎願意退讓。

「總之增加人數這一點沒錯，就這麼做吧。」

「嗯，如果有誰可以找的話也一起找來。」

萊卡一望向我，隨即笑著點頭。

「吾人現在就直接回去帶人來。」

「剛吃飽有些過意不去，不過拜託妳囉。」

「好的。雖然變成龍之後的起降場所與村子有一段距離，但往返應該不會太久。」

「厲害！那就麻煩妳啦！」

剩下的人當中，瓦妮雅似乎專注開發新菜單，以野豬的各部位考慮菜色。

「這種長槌野豬的突起部分有獨特的口感呢。將這塊切成四方形，過火後切開來添加香辛類蔬菜，再淋上甜辣醬。」

「天啊，絕對好吃的嘛！」

「然後將烤好的肉，夾在切開的麵包中大口咬。要不要吃吃看？」

既然沒有理由拒絕，當然要吃。

嗯，好吃。即使早就料到，就是好吃。
明明肚子已經愈來愈飽了，還是吃得下！
芙拉托緹光是試吃就吃了第二份。
「今天的芙拉托緹真的好幸福！」
「能聽妳這麼說，身為料理人也值得了。」
原本以為瓦妮雅也是冒失鬼，這一次倒是改觀了呢。
哈爾卡菈也是一樣，在擅長領域真的會發揮驚人的力量。

吃著吃著過了一段時間。
龍型態的萊卡帶兩個女兒與哈爾卡菈回來。
哈爾卡菈表示「速度太快，有點恐怖……」
夏露夏也露出有些憂鬱的表情。
反而是法露法開心喊著「好快喔！是大冒險耶！」
連這一點都會展現個性呢，就像有人能享受尖叫機器、有人卻不能的差異。
「來，妳們也來參加烤肉宴會吧！」
「哇～！法露法要多吃一點！」
「夏露夏對吃都來者不拒。」

「真要說起來，其實我是蔬食主義，但我也喜歡熱鬧喔！」

正心想家族全員到齊時，這次換別西卜在身後出現。可能是以傳送系魔法移動。

「如果沒找她的話，之後可能會鬧彆扭，因此才一起找來。」

別西卜身後的人，一人是瓦妮雅的姊姊法托菈。接受魔族頒獎的時候，去程負責運送我們，回程款待我們的就是她。

目前在別西卜手下修行的武鬥家史萊姆，武史萊小姐也在。

還有一人，像羊一樣很有特色的角是——

「竟然能和姊姊大人共進餐點，真的，感覺好像做夢呢！」

「噢，佩克菈，好久不見啊。雖然好像經常見面就是了。」

佩克菈再次迅速縮短距離，伸手摟住我的腰。

在戰鬥能力上相當不俗，因此一疏於警戒，就會像這樣讓她接近。

「姊姊大人，身上的香氣真好聞呢。」

「別、別說奇怪的話了，趕快品嘗美味的肉吧。」

再一次開始這麼多人的野豬烤肉大會。

由於加上瓦妮雅的料理，種類也相當豐富。

考慮到一開始狂吃肉的狀態，現在變得更有文化。

所有新參加的成員們也自然充滿笑容。

像是夏露夏與法托菈聊起天來，新的人際關係似乎也逐漸建立。兩人的個性都十分沉穩，應該也很聊得來。

在河畔烤肉，以前也曾有一段時期覺得這種現充活動毫無意義，其實並非如此。

「主人，吃肉果然很有意義吧？」

芙拉托緹盤子裡的肉多到讓人懷疑她的胃是什麼做的，笑著表示。

「雖然希望妳也多少反省一下——今天就不追究吧。」

因為連我也在享受這一次的活動啊。

一邊笑著叮囑她也沒什麼說服力。現在乾脆一起痛快地玩。

「野豬可能還需要再狩獵一點才夠，之後與別西卜她們再努力一下。」

「好的，主人！」

之後進一步展開狩獵長槌野豬行動。大肆狩獵。

以芙拉托緹的寒冷吐息冷凍豬肉，讓變成利維坦的瓦妮雅載運。

野豬數量隨之大幅減少，也受到公會的感謝。

◇

之後除了長槌野豬以外，魔族派人前往鹿與野豬過度繁殖而造成困擾的地區，展開狩獵行動的案例似乎不斷增加。

即使並非純粹做慈善事業，而是為了食材，但同時也幫助該地區，所以是很好的善舉。

而且，在我家的庭院也略為增加了一些東西。

來到庭院，有一個小小的蓋子，揭開蓋子後會發現階梯。

走下階梯會發現，擺放著許多塊冷凍過的肉。

沒錯，新設置了冰冷的地下室。

目前主要保存冷凍的肉。

之前還可以靠我的魔法與芙拉托緹的寒冷吐息冷凍保存，可是十分占空間，因此只先針對常備菜冷凍。

不過，現在知道有家人食欲旺盛，也就騰出了能正式儲藏肉類的空間。

「嗯，相當冰涼舒服呢。如果是小時候，肯定會很興奮吧。」

我們也為了個人消耗而狩獵繁殖過度的野豬，儲存於此處。

「好啦，該去拿晚餐用的鹿肉了。」

我拿手的野豬肉與鹿肉料理也愈來愈多了。

找機會再向瓦妮雅討教一番吧。

這時候，傳來窸窸窣窣的怪聲。

該不會有人跑進來？畢竟根本沒有上鎖。
這時候，不管自己等級有多高，還是會害怕。
即使狀態再怎麼高，女生畢竟是女生。希望不是變態。
也不排除野生動物跑進來，但是這一帶應該幾乎沒有這種動物，況且距離森林有一段距離。啊，該不會是史萊姆溜進來吧？
地下室內相當寬廣。
我戰戰兢兢，往後方走去。
窸窸窣窣，又傳來聲音。看來不是我聽錯。
我鼓足勇氣進入後方。
「什麼人？這裡不可以非法入侵喔！」
結果見到背對著我，不知道在做什麼的萊卡。
「亞……亞梓莎大人……」
臉上的表情寫著『慘了』。似乎的確在做必須偷偷摸摸的事情，卻不知道是什麼事。
「妳究竟在做什麼？我不會生氣的，快說吧。啊，生氣的機率仍然不是零，但我會盡量不生氣好好處理，所以說吧。」
萊卡戰戰兢兢回過頭來，只見手上握著烤好的肉。

而且還散發香噴噴的氣味，難道是當場吐火烤好的嗎……

「該不會是……偷吃？」

萊卡點了點頭。畢竟現行犯被活逮，想否認也沒辦法。

「因為肚子餓了，而且想到這裡有許多肉……不好意思……」

而且還從萊卡的肚子裡發出『咕～』的聲音，有這麼餓啊……

「知道了。今後會增加餐費，所以可以吃得比以前多沒關係。畢竟又不是在減肥，多吃一點吧。」

「非常感謝您，亞梓莎大人！」

手上依然拿著肉，萊卡低頭致謝。

「嗯，總之先將那塊肉吃掉吧。」

隨後萊卡大口大口咬著肉。

「該不會一直肚子很餓？」

「不，沒這回事……充其量只是當作點心！」

萊卡搖搖頭否定。

似乎可以確定很難看才感到害羞。

反過來說，原來吃肉是當點心啊。

看來我也得學習像是龍族等其他種族的常識才行呢，不能被動地學習，像萊卡這

© Benio

種個性謙虛的孩子，難免會聽不到真心話。

「好，還有今天我的煮飯值日就移到下一次吧。」

我如此宣布。

「取而代之，大家到餐廳『凜冽大鷲』大快朵頤一番！點餐吃到撐為止！」

隨後我們前往弗拉塔村，衝進『凜冽大鷲』。

「先來十盤蛋包，兔肉排也依照人數來六盤，沙拉也六盤，咦～？不要沙拉？不行不行，要吃！」

雖然夏露夏說不要，但還是得考慮營養均衡。

「總覺得氣勢暴增呢……」

連老闆娘都有些嚇到。

「因為我們略為改變了對用餐的看法，大家畢竟都還在發育呢。」

這種情況下，忘記活了幾年吧。外表還在發育就當作還在發育。

發胖的話再想辦法就好，大口大口吃吧！

芙拉托緹似乎還沒滿足，特別認真地盯著菜單。

好像考試前猛K教科書的學生一樣。

「主人，可以吃這一道使用鵝的料理嗎？」

「可以啊，芙拉托緹，多點一些吧！」

「主人，這一道使用小羊的料理也能點嗎？」

「可以啊，即使身材苗條，內心依然開闊！」

「主人，店家好像還進了山鴿。可以嗎？」

「……有點擔心帶的錢不夠，不過最糟情況下就賒帳，點吧！」

只有萊卡倒還好，但還有一個同樣胃口的人，對錢包損傷不小呢……

「妳應該稍微自制一點才對。還有，吾人也要點鵝肉小羊與山鴿。」

結果萊卡自己也點了所有芙拉托緹加點的菜呢，何必特地吐槽呢。

當天晚上竟然一口氣花了七萬戈爾德，不過開心熱鬧就好！

附帶一提，隔天我與萊卡狩獵了比平常更多的史萊姆。

出現了高原魔女的冒牌貨

She continued destroy slime for 300 years

噹啷噹啷，休息時間的鐘聲響起。

「呼～暫時休息，休息～」

我「嗯～！」一聲拉直手臂，然後進入休息室，躺在室內的沙發上。早上時段工作的人比較少，可以獨占沙發。

哈爾卡菈跟著進入房間。

從事社長工作時，她總是在衣服上披著一件夾克之類。

總覺得表情似乎微妙地抽筋。

「辛苦了，師傅大人。」

「嗯，辛苦啦～哎呀～偶爾這樣勞動也不錯呢～」

「不過做這種工作，難道不會厭煩嗎？師傅大人應該從事更加有創造性的工作，才能活用經驗與能力吧。沒必要為了單純勞動在這裡幫忙……」

「即使是單純勞動，著迷後也出乎意料地有趣喔～」

「我倒是覺得很難熬，希望師傅好好待在家裡呢！」

哈爾卡菈說出了心裡話，看來是認真的。

「欸～？比起雇用陌生人，雇用熟人打工不是比較輕鬆嗎？」

「這個，如果像是妹妹要工作還可以吧？不過，師傅大人畢竟是師傅大人！讓尊敬的對象在自己經營的工廠工作，會有所顧忌的！」

沒錯，其實我一直在哈爾卡菈的工廠兼職。

由於我並不缺錢，原因應該是打發時間吧。

相隔這麼久想從事一下打工。

附帶一提，到剛才為止的工作是在要販售的商品上貼標籤。

我默默地小心不讓標籤起皺，一一貼上。

「哎呀～現在我已經愈貼愈得心應手囉。也不會貼得歪歪的，再繼續下去可能達到職人等級耶。」

「這種等級不達到也罷……乾脆在配藥方面以顛峰為目標嘛……對我而言，師傅大人偉大我也備感榮幸，很高興呢。」

原來如此。哈爾卡菈想表達的意思，我也不是不明白，意思是我只要老實地成為值得尊敬的對象即可。可是——

「如果要成為超一流的配藥師，就必須遊遍全國尋找草藥吧。這樣好麻煩。而且又不能帶全家一起去，一個人孤零零的……」

感覺好難過，必須與心愛的女兒和家人分離，隻身前往外地赴任呢。

而且若真的成為什麼傳說級配藥師，世界上的有錢人與貴族就會登門要求治病吧，會變得更加忙碌。

這樣毫無慢活的要素。

碰巧哈爾卡菈也紅著臉表示「對啊，不想與我們離開呢」。為什麼要紅著臉啊。

「對我而言，凡事最好適可而止。不想以配藥師或魔女的身分掌握天下。其他的打工人員也以為我只是住在附近的女孩而已。」

此時同為打工的婆婆走進來，主動打招呼：「哎呀，亞梓莎妹妹，辛苦啦～」

這個世界上沒有照片這種東西，因此即使高原魔女之名廣為人知，依然有許多人兜不起長相與名字。

哈爾卡菈露出微妙的表情。

可能多少不太喜歡我不受人尊敬吧。

不過對我而言，只要在弗拉塔村周邊滿足認同欲就剛剛好了。

畢竟一旦擴大，就會沒完沒了。

「欸，亞梓莎妹妹，有喜歡的人嗎？要不要幫妳介紹一個？」

「婆婆，這就不用了啦～我已經有兩個女兒囉～」

「咦？……是嗎……哈哈哈……」

只要說自己有女兒，這種話題就會立刻打住。

外表年輕就經常有人提到這方面，所以我華麗地對應。

「對了，話說回來，妳知道高原魔女大人的事情嗎？」

在這裡當然會聊起魔女的話題。

「我住在弗拉塔村那邊，見過本人好幾次了喔。」

我若無其事地答腔，哈爾卡菈可能希望我回答「就是我」吧。

「那位魔女大人，現在正周遊全國，展開旅程呢。真是偉大啊～」

嗯？

好像聽到根本不可能發生的事情……

「咦，這我也是第一次聽過呢……」

「聽說她立誓要拯救世界上的疾病，巡迴各地邊走邊賣藥喔。偉人果然不一樣～」

「是、是喔……可是，今天我還在村子附近見到高原魔女大人……怎麼回事啊……」

「魔女大人那邊不是有龍族女孩嗎？可能是搭乘回來的吧？」

唯有這件事情特別詳細。龍族畢竟是龍族，會成為話題呢。

「那麼，婆婆去喝點水啦。亞梓莎妹妹，待會見。」

說著，婆婆便離開了房間。

只剩下我與哈爾卡菈。

我們兩人勢必四目相接。

「哈爾卡菈，大事不好了喔……」

「師傅大人，原來您瞞著我從事如此德高望重的事蹟啊。」

「沒有。」

這根本不可能，因為我從來沒做過。

「換句話說，有冒牌貨冒充我呢。多半以為只要利用我的名字，藥品就能熱賣吧。」

「怎、怎麼會有這種人……不可原諒……向對方索取撫慰金，給予精神上的痛苦吧！」

索取撫慰金是另一回事，必須採取對策才是事實。

要是對方太活躍我會傷腦筋，犯罪或敗壞名聲連正牌的我都會遭受波及。

「好，去法院告她吧。」

「哈爾卡菈，妳真不愧是社長，會選擇身為社會人的認真選項呢……可是現在不知道起訴的主體在哪裡，不是無計可施嗎？既然對方在旅行，代表住址也無從得知。」

哈爾卡菈一臉言之有理的表情。

「因此，首先只能直接罵一頓冒牌貨才行。」

◇

我一回到家，便召集作戰會議。

「——就是這樣，有人冒充我。」

「不可原諒呢。」（萊卡）

「掐死對方吧！」（羅莎莉）

「給她死。」（芙拉托緹）

「依照判例，五年刑期跑不掉。」（夏露夏）

「畢竟媽媽只有媽媽一人而已。」（法露法）

也有人提出相當凶狠的意見，不過希望懲罰能輕一點。

「無論如何，必須先蒐集情報才能展開行動，乾脆到遠方的州打聽吧。所謂冒牌貨，照理說必須向任何人表示自己就是高原魔女，亦即只能在無人知道本尊的地點活動。」

因此，冒牌貨應該在距離這裡很遠的地方。

「亞梓莎大人，碰到這種時候，是不是應該藉助魔族的力量？」
萊卡提出有建設性的提議。搜索人數增加的話，確實是有效果……
「不好意思，這個點子不行……她們的手段徹底過頭了。」
如果魔族到所有城鎮展開地毯式搜索，別說「高原魔女」，甚至會變成「高原魔族之女」。
「我個人倒是希望能息事寧人，只要讓冒牌貨反省就行了。當然，如果對方販售無效的藥物，當然就要讓對方受懲罰。」
販售偽藥可是詐欺罪，最壞的情況下有可能害死人，到時候就輪到法院登場了。
「那麼，可以拜託大家各自收集冒牌貨的情資嗎？」
調查冒牌貨的行動就此開始。

我與萊卡前往西部城鎮打聽。
另一方面，芙拉托緹似乎往東部飛去。
我的名號原本在南部還不太出名，但是前幾天大賽奪冠，因而一躍成名。冒牌貨應該很難活動吧。不知道冒牌貨有沒有戰力，可是一旦有人主動挑戰，一般來說都不願意。
因此，作戰方針是先調查南部以外的地區。

「話說回來，好像很久沒有像這樣打聽，或許該說收集情報了呢。」
在RPG遊戲倒是滿常見的套路，但如果不是冒險家就不會有這種機會呢。
我想起以前在一款名叫『方舟』的系列作遊戲，遲遲不管本篇劇情，一直接公會任務。由於那款遊戲的本篇劇情很黑暗，反而更能喘口氣。反正那些都不重要。
「要打聽的話，還是該到酒吧去？雖然我不喜歡那種粗魯人很多的地方。」
「或是去公會，那裡可能有漂泊冒險家。這種事情需要毅力，因此別氣餒多多打聽吧。那麼我去河對岸的公會，萊卡到附近的酒吧——」
結果萊卡拉了拉我的衣服。
「這個，吾人不擅長……酒吧這種地方……若亞梓莎大人能陪吾人前去就太好了……」
天啊，真是太可愛啦！
「畢竟萊卡很有大小姐的感覺，會害怕那種醉鬼聚集的地方呢。那麼一起去吧。」
「不如說，為何亞梓莎大人不怕呢？」
「因為以前常直接在營業至深夜，甚至開到早上的廉價酒吧睡著，隔天再去上班……」
現在回想起來，那些日子真的爛到不行，難怪會過勞死。
而且這個世界的酒吧，也有會對女生開黃腔性騷擾的老頭吧。讓萊卡隻身進入店內確實不太好。

該處是在州郡中規模不算小的酒吧，白天都聚集了不少人。

「哦，兩位美人耶！快踩我吧！」「罵我吧～！」「露出冰冷的眼神罵我『差勁透了！』吧！」

「怎麼這種粗魯的話都出自於超M的人口中啊!?」

這時候，眼神相當嚴厲的女性店員上前。

「歡迎光臨，這裡是大眾酒吧『豬比你有用多了』亭。」

這裡絕對不是大眾酒吧，而是順著特定概念開設的吧。

「大姊，再來一杯酒～！」

「閉嘴，自己去廚房之類倒吧。」

店員小姐回嗆，待客的概念已經蕩然無存。

客人就是神的價值觀的確過頭，不過客人比豬還不如也有問題。

「看，亞梓莎大人，吾人果然不擅長這種地方……」

「萊卡，別將這裡當成酒吧的標準喔。」

「聽說這間店，以前因為店員待客惡劣而差點倒閉，靈機一動將惡劣態度當成店家的主打，結果一口氣生意興隆。這是扭轉想法的勝利呢。」

眼神嚴厲的店員小姐表示。這也扭轉得太離譜了吧。

「看來兩位並非想要惡劣的態度才上門呢，或是想應徵服務生的兼職呢？」

我絕對不想在這種店工作。

「有件事情想請教一下，但是詢問不付費有點過意不去，所以我們會點些東西。」

「這樣的話，能不能幫忙罵一罵那幾名男性呢？最好能露出幻滅的眼神、不悅的眼神或是看到髒東西的眼神一樣。」

真的來到了不得了的店耶！

沒辦法。這位店員小姐本身似乎掌握各種情報，就稍微聽她的話吧。

我露出打從心底不置可否的表情。

「大姊，我要加點！」

「不要以滿是酒臭味的嘴巴開口。」

「大姊，我也要——」

「再開口我就踹你喔？」

「乾脆點貴的酒類吧？」

「你喝水桶裡的水就夠了吧？」

「大姊，笑一個嘛！」

「…………啊？你有什麼資格命令我？」

我心想這樣真的可以嗎，結果居然有人喜極而泣。

這些人根本有問題！

「嗚～被罵果然太棒了……」「就是為了這一刻才走三個小時前來……」「天啊，起雞皮疙瘩啦！」

萊卡表示「想以火炎消毒」。我很明白妳的心情，可是別燒他們喔。

「真是感謝！如此一來豬仔們就會繼續上門消費了！」

終於連店員小姐都以豬仔明確形容顧客了。

「好，請儘管詢問吧。我對情報還算有自信喔。」

話雖如此，總不會第一次打聽就問到吧。

「請問自稱高原魔女的配藥師有來到這附近嗎？」

「高原魔女嗎？嗯，有喔。目前應該還在這座鎮上。」

居然一下子就問到了！

對情報有自信的這番話不假呢。

「我們正在尋找她。什麼事情都可以，請告訴我們吧！」

「話雖如此，其實我也沒見過呢。因為我一直應付在這裡喝得酩酊大醉的豬仔們。」

「這句話被顧客聽到肯定被投訴到爆，但是來這裡的顧客就是為了聽這種話吧……？」

不如說，她連與我們對話時都沒有忘記工作呢。

「以前，新人使用顧客的稱呼，結果豬仔大罵『開什麼玩笑，少擺出謙虛的態度！』」

這也太離奇了，世界完蛋啦。

「說不定喝得酩酊大醉的豬仔們知道，可以問問看喔，反正這些豬仔都會講人話。」

真的來到了不得了的地方……

我與萊卡詢問喝得微醺的老頭。

「你知道高原魔女嗎？」

「知道啊，就是住在高原的魔女吧。」

「根本不知道嘛！」

「哦，吐槽的真好！再多罵一點吧！罵我『你這沒用的傢伙！』吧！」

「你這沒用的傢伙！」

「啊，太棒了！被老婆罵就會累積壓力，但是被年輕女孩罵就是讚美呢！」

他如果跑來這種店被抓包，肯定又會挨老婆的罵吧……

萊卡一開始雖然也對老頭們感到困惑，但中途彷彿把心一橫，視線變得十分犀利。

「閉嘴，矮小的人類們。面對紅龍居然敢用這種口氣，想被撕成碎片嗎？」
「哦哦！這種類型還是頭一次呢！多罵一點吧！」
「你們這些貨色沒有權利要求吾人。」
「太感謝啦！太感謝妳啦！」
萊卡，目的終究是打聽到冒牌貨的真實身分喔？
結果，沒有人見過高原魔女本人的模樣，真是一群沒用的傢伙。（這是該店專用的形容詞，平時的我會更加穩重些。）
接著，我嘗試詢問是否有人向魔女買過藥品。
原因在於，如果以我的名字販售具毒性的有害藥品，不只攸關人命也攸關我的立場，這是我最優先想確認的事。
反過來說，即使販售既非藥品又毫無療效，讓需要藥物的人服用無療效的東西，依然有可能害人延誤治療而喪命。
「不，我老婆曾經去買過感冒藥，結果那魔女表示『自己還不夠資格販售治病藥品』，好像什麼也沒賣。」
「嘿，這番話還有模有樣的呢……」
沒有販售藥物這一點還好，但是被冒牌貨擅自貶低也讓人不爽……
我好歹會調配感冒藥好不好……

「話說回來，她好像也沒在其他地區賣過藥品呢。聽說她表示不想依靠名聲賺錢。」

對顧客這番話放下心來，卻反而更加謎霧重重。

如果不需要依靠名聲賺錢，那為什麼要冒充我？

還以為她打算大肆推銷藥品。應該說，除此之外別無他想。

不知道她有什麼目的，這一點也讓人感到不舒服。

「亞梓莎大人，高原魔女兩星期前沿著往北的街道步行。如果她一直在各地逗留，或許還沒有走很遠。」

「謝謝妳，萊卡。那麼還能追上她吧。」

光是鎖定某種程度的目標就幫了大忙。

「兩位要離開了呢。」

這時候店員小姐前來。

「方便的話，歡迎兩位再來這裡工作喔。我們會提供普通酒吧五倍的薪水。」

這已經不是居酒屋店員領得到的金額了吧……

總之我們先來到郊外，然後讓萊卡變成龍，飛往大約一百公里外的小鎮。

另外這個世界並沒有公里這種單位，但我依然習慣在腦內換算成公里。這個世界依照不同地區，使用的單位不太一樣，很容易弄混。

一百公里以（我和萊卡以外，非常普通的）一般女性腳程來說，差不多要走三、四天。這個世界的人，腳力比二十一世紀的日本人更強。

如果在途中的城鎮停留兩三天，應該正好就在這一帶吧。

我在城鎮廣場附近的蔬果店開始打聽。由於冒牌貨多半想引人注目，理論上會來到廣場附近。

「高原魔女？嗯，兩天前還在呢。不過，與原先的想像不一樣。」

蔬果店婆婆如此表示。

已經很接近冒牌貨了！

不過，與原先想像不一樣又是什麼意思呢。

「據說魔女是更加美少女的人，可是看起來完全不像呢。」

「哎呀，沒有啦……其實我沒那麼注意美容，或許是氣候宜人的關係。」

「為什麼妳會感到高興呢？噢，不過妳的確也是美少女呢。」

「婆婆，我要買這些蘋果與柳橙。」

得幫這間店貢獻一點業績才行。

畢竟打聽到了不錯的情報，這是理所當然的。

「亞梓莎大人……會不會買太多了……？」

「放心吧。若是水果，即使多一點也吃得下。」

結果在旅館將蘋果與柳橙一字排開後，我有點後悔。

「旅行途中又沒辦法調理，有點吃膩了耶……」

「亞梓莎大人其實滿禁不起捧呢。」

雖然萊卡不置可否，但隨即再度開心笑了笑。

「不過，能目睹亞梓莎大人的這一面，吾人真是幸福。」

「畢竟上輩子在受人認同之前就過勞死了啊……雖然我一直避免太高高在上，不過受到誇獎當然會高興啊，畢竟又不是什麼虧心事。」

「對啊。亞梓莎大人毫無隱瞞的這一點，吾人身為徒弟真的很尊敬。或許可以說是理想的生活方式。」

這句話說得真好。

話說回來，以前好像沒有與萊卡兩人單獨出門呢。

如果我浪跡天涯的話，或許會一直過著這樣的生活。

「好，那麼給妳這個當作獎賞。」

我遞給萊卡一個蘋果。

「吾人已經吃膩了，想吃肉……」

◇

我們改以徒步前進尋找冒牌貨。只要不聲不響走著，總會追上吧。

「一旦發現聚落，就逐一搜索吧。如果發現人群，肯定就是正確答案。」

「知道了！絕對會逮到她的！」

萊卡比我還起勁。

然後，在某個聚落發現可疑的人群。

我詢問人群後方的人。

「不好意思，請問究竟是怎麼回事？」

「高原魔女大人蒞臨了啊！真是太感激啦！」

終於追上她了。

我與萊卡緩緩深入人群中。

就讓我好好領教一下，她會以什麼態度說出什麼話吧。

結果在人群中的——是一位步履蹣跚的婆婆。

腰彎成將近九十度，手裡還拄著拐杖。

雖然覺得腰要彎成這樣比較累吧。

這的確不屬於美少女的領域！絕對不是少女！

那麼叫美魔女？不，意思不太一樣。而且怎麼看都不美。

美婆婆？不，要以「美」表現步履蹣跚太強人所難了。

比想像中還步履蹣跚，皮膚無力地鬆弛，相當異樣。

「呵呵呵呵，呵呵呵呵呵。」

冒牌貨「呵呵」笑了兩聲。應該說，她只會呵呵而已。

「各位，只要有活力什麼都做得到哦，呵呵呵。」

拜託，首先妳就缺乏活力吧！不如說，簡直弱不禁風！

「老嫗就是高原魔女。算一算，已經在高原住了三百年哪。」

和我一樣呢。畢竟是我的冒牌貨，理所當然。

「真不愧是魔女大人。」「年份不一樣哪。」「光是見到一面就靈驗啦。」「該不會是不死族吧。」

圍觀群眾也口無遮攔。

有一名聽眾舉起手。

「為什麼高原魔女大人年紀這麼大，依然踏上旅途呢？」

「為了尋求尚未見過的草藥，正在周遊全國哪。呵呵呵呵。昨天也從梅露提聚落翻山越嶺，來到這裡哪。」

「可是以這樣的腳程周遊全國，不會很辛苦嗎？也很花時間……還有，真虧您能翻山越嶺耶。」

我察覺到老婆婆露出驚訝的反應。

「話說回來，有道理耶。」「那座山峰連騎馬都很難走呢。」「不死族應該不怕吧？」

很好，機會難得，各位聽眾也懷疑她吧。

「只要有活力什麼都辦得到！」

冒牌貨突然眼睛大睜，使勁呼喊。

居然使用這麼硬拗的方法！

「原來如此，有活力就好。」「活力很重要呢。」「不死族也需要活力呢。」

眾人都被哄過去了。

還有，堅持不死族的人到底是有什麼毛病……

「那麼，活力的祕訣是什麼呢？」

又有人提出質問。只是不論怎麼看，冒牌貨都沒有活力。

「就是不要死掉。」

怎麼又是籠統的回答啊！

「有道理呢。」「只要活著就是勝利組呢。」「因為不死族不會死啊。」「你這人怎麼從剛才就一直不死族不死族的喊，吵死了！」

拗過去了……還且，終於有聽眾對不死族糾纏不休發出了抗議！

接著從聽眾傳出「請務必賣給我們藥品」的聲音。

高原魔女在調配藥品的風聲，應該也傳到這個地區了。

由於我以狩獵史萊姆維生，有時候差點忘記，但魔女的主要工作是調配藥品販售。

即使藥品有健康飲料，加了蜥蜴與蠍子的怪藥等差別，主業依然是調配藥品。

萊卡似乎也明白這是重要關鍵，拉了拉我的衣服。這是請緊盯她的訊號。

來吧，冒牌貨，看看妳會怎麼反應？

「……以老嫗的修行期間，尚未達到販售藥品的層次。等進一步成長，就會開始賣。」

「哪有這回事！」

這次換我開口吐槽了。

「不是活了三百年嗎？那究竟要活幾年才能獨當一面？魔女這一行可沒有嚴格到五百歲以前都還算菜鳥吧！」

「亞梓莎大人，太顯眼，太顯眼了！」

由於我主動上前，萊卡跟著阻止。

「沒關係，反正是冒牌貨。既然她沒有販售什麼，也不算妨礙營業。」

我趁勢轉守為攻。

「我聽說高原魔女很年輕，怎麼會是這種老太婆呢～？」

向她投以「妳是冒牌貨吧」的視線。

冒牌貨也露出「這下子傷腦筋了……」的表情。

「記得聽過高原魔女是美少女耶。」「外表似乎是十七歲。」「呿，原來不是不死族啊……」

似乎也有聽眾察覺到不對勁。

「據說是南堤爾州最美的。」「不，有人說是王國最美的。」「聽說沒有男人不會一見鍾情。」「隨時散發眩目的光輝呢。」

話題炒作得太誇張了吧！這樣很難揭曉真面目耶！

不，即使不揭曉真面目，我依然有辦法讓冒牌貨嘗到教訓。

「我名叫魔女麗莉莉。附帶一提，是高原魔女的朋友。老實說，這個老太婆是冒牌貨！」

名字當然是假的，現在沒必要說自己是高原魔女。

冒牌貨的背駝得比剛才更彎，在試圖避免視線交會吧。

「年輕女孩這麼說耶。」「既然可愛，應該是真的。」「因為可愛啊。」「簡直就像不死族呢。」

群眾同意的原因還真隨便。

還有，說我像不死族的傢伙，很沒禮貌喔。

「如果妳還要自稱高原魔女，就拿出證據來。和我以魔法決勝負吧。若是高原魔女，照理說不可能贏不了我。」

我下定決心，要求事實上的決鬥。

雖然測試別人不是什麼好舉動，可是如果不散布冒牌貨落敗的事實，對我也不利。

「唔……知道了，那老嫗也下定決心了。」

哦，要比嗎？不這樣就不有趣了。不好意思，讓妳瞧瞧我的實力吧。

冒牌貨先挺直彎曲的腰桿後──

再度九十度彎下腰去。

「老嫗是冒牌貨！很對不起！」

「原來彎腰是道歉的意思喔！」

我再度吐槽冒牌貨果斷的反應。

「什麼啊，是冒牌貨喔。」「畢竟不是美少女嘛。」「還以為是不死族。」「你也太堅持不死族了吧，很噁心耶。」

聽眾也紛紛散去。

這樣真的好嗎？不過冒牌貨是老婆婆，太過追究也嫌欺人太甚。況且她似乎也沒在這一帶靠詐欺行徑攫取利益。

但我們依然沒有離去。不如說，接下來才是重頭戲。

萊卡緩緩走到冒牌貨面前。

「吾人是高原魔女亞梓莎大人的徒弟萊卡，得知有人冒充師傅而展開搜索。為什麼妳要說這種謊呢？」

「…………腰好痛啊。」

居然赤裸裸轉移話題！

「那真是怪了。剛才道歉的時候，背脊不是挺得很直嗎？」

名偵探萊卡……萊卡緊咬不放。

可能無法再自圓其說，冒牌貨做出立正的姿勢。靠萊卡的推理得到正確答案。

「原諒我吧……」

不知不覺聲音也聽起來年輕許多。這也難怪，步履蹣跚根本無法旅行呢。

「那就回答我的問題吧。為什麼要設定成老年人？應該知道高原魔女更加年輕吧。」

「這個……因為並未詳細了解才一時興起……開始冒充後才得知高原魔女很年輕……」

「明明冒用身分，卻這麼隨便啊！」

向聽眾說明時也給人這種印象，會這麼做的人反而毫無計畫性呢……

「這次換吾人質問了。為什麼妳要自稱高原魔女？而且並未販售商品。這樣冒用他人名號明明毫無利益可言。」

嗯，我也在意這一點。

既然沒有賺大錢的要素，假冒身分的風險就格外顯眼。

雖然她可能沒有想到高原魔女的徒弟會直接出現。

「老實說這是最大的疑問。如果沒有查明這一點，實在無法釋懷。」

果然，還是想知道犯人的動機。這種事件的情況，不可能突然臨時起意，因此不存在沒有動機的案例。

如果原因合理，就能提防第二個，甚至第三個冒牌貨的出現。

或者原因賺人熱淚的話，也許對這名冒牌貨有斟酌情節的餘地。

「這個呢……呃……該說是人之常情嗎……」

她顯得難以啟齒。

可以確定心中有愧吧。
「如果不說清楚的話，就從雲層中將妳丟進火山口內。」
萊卡一臉嚴肅威脅她。
「我說！我說就是了！」
好，終於能知道原因了。那就好好解釋清楚吧。
「會冒充高原魔女的原因是……」
「「的原因是？」」我與萊卡異口同聲表示。

「因為想受到他人的奉承！！！」

與其說不符想像，更像不同層次的回答，我聽了不停眨眼睛。
萊卡似乎更無法理解，幾乎沒在聽她解釋，一直盯著她瞧。
「不好意思，我不太懂妳的意思，能不能詳細解釋一下？」
可能回答問題相當消耗體力，婆婆緩緩在原地鴨子坐。
外表這麼老，沒照顧她顯得我們好像壞人，希望她的真面目更加年輕一些。
「這個，我也當魔女很長一段時間了，可是絲毫不受世間矚目……因此才想引人注目，冒用高原魔女的名號。只不過邊走邊賣藥會腳酸，才設定成實力不足以賣藥。」

「不要用這種胡鬧的理由哄騙。吾人可沒有這麼好騙，小心吾人噴火喔。」

萊卡似乎認為這根本算不上原因。

「更何況以這種方法受人奉承，結果還是高原魔女不是妳。妳的真面目依然沒沒無聞，因此這種原因說不通！」

「萊卡，等一下！雖然這番話是對的，可是難免也會有這種人……」

我拉出上輩子的記憶。

有些人很差勁，將別人畫的圖當成自己畫的發表。

雖然這是不折不扣的盜圖，卻與為了錢而剽竊的意義不一樣，因此很難懲罰這些人。

我想世界上就是有這種人吧。

去大眾酒吧的時候，不是也有大叔宣稱「其實我和那個大臣是好朋友」吧？結果仔細一追問，才發現只是路上遇見而已。連這樣都能裝熟啊……

即使沒有實際利益，依然有人為了一瞬間受人奉承而說謊。

「吾人還是不明白。這種舉動，不就代表冒牌貨的能力絲毫沒有成長嗎？即使成長速度緩慢，但只要靠自己活動，總有一天會變強。太不合理了。人生這樣就完蛋了吧？」

「萊卡，她似乎快哭出來了，就別再講大道理了吧……」

以成長為志向的萊卡可能無法理解吧……

「我、我現出原形囉……」

老婆婆的外表突然變成年輕的紅髮女性。

純論外表的話，以一般人的標準大約年輕了六十歲左右。

話雖如此，這個世界的居民包括我的家族，年齡與外表不一致的例子太多了，因此她的實際年齡是謎。

「我是魔女艾諾……雖然具備長生不老的能力，卻沒沒無聞了一百五十年左右……結果聽信惡魔的呢喃，不惜當冒牌貨也要聽別人的讚美……」

一百五十年嗎……

無法否認活了這麼久，想受到認同的心情增強後性情改變的可能性。

「真是的，太缺乏謙虛了。吾人的師傅亞梓莎大人，不論多強也絲毫不會露出高高在上的態度。」

萊卡還是一樣說教說個沒完，真是一板一眼呢。

「妳和蒞臨此地的亞梓莎大人實力差距，就在於這種態度！」

啊，不小心講出來了……這種說法可不妙……

「咦，這一位就是高原魔女亞梓莎小姐嗎？」

萊卡露出說溜嘴的表情。

拜託，這時候不要明顯露出說溜嘴的表情好嗎？

「既然曝光了就沒辦法。這一位就是高原魔女亞梓莎大人！」

「拜託努力轉移焦點一下嘛，萊卡！」

剛才還有蒙混過關的機會吧!?

幫助了魔女

She continued destroy slime for 300 years

就這樣，得知了冒牌貨的真面目是名叫艾諾的魔女。

還有，我的真實身分是高原魔女亞梓莎也跟著曝光……

當天在聚落的酒吧聽艾諾娓娓道來，不過故事聽起來很難受，讓人多少感到同情。

「當魔女卻一直沒沒無聞……當然也沒有任何朋友……更沒有像樣的興趣，經常覺得身為魔女活著好空虛……」

「噢，長生不老的人沒有夥伴就會這樣呢。」

上輩子看過的虛構故事中，也屢屢見到長生不老的角色必須一直忍耐孤獨。其實還滿寫實的。

「不如說，亞梓莎大人為什麼三百年來，獨自一人也不以為意呢？」

萊卡反過來問我。

「說起來啊，這個呢……呃～我有和弗拉塔村的村民交流，三百年來販售藥品之類受到村民的仰慕，以此滿足認同欲吧。」

「果然，師傅的謙虛太了不起了！憑這樣的實力明明足以號稱世界最強！再一次發現亞梓莎大人的偉大！」

「萊卡，那其實是會錯意啦！我直到不久之前，才發現狀態變強啦！」

根本沒有人會以最強為目標，過著孜孜矻矻狩獵史萊姆的生活。

「哎……如果我也有一些不輸人的興趣，就不會當什麼冒牌貨了……嗝……」

艾諾的個性似乎喝了酒就會變陰沉，一直低著頭。

「人總有一兩項值得自豪的事情吧？既然活了一百五十年，或許其實有人知道妳有多厲害喔。」

「不，這種想法太天真了。我真的是無名小卒……連當魔女都沒沒無聞……連魔女業界這一行都不明白。」

其實我完全不知道什麼魔女業界。

實在很不放心就這樣放她一個人繼續下去。

大學時代，曾經因為不知道怎麼回答這種學妹的煩惱，結果學妹離開了社團。

※附帶一提，當年的社團秉持即使不泡溫泉也要打溫泉桌球的概念，玩票性質罷了。

當然，本人的煩惱有除了本人以外無法解決的部分。話雖如此，也覺得如果進一步了解她的話，或許有機會得到好結果。

「這樣好了，艾諾，帶我去妳的魔女工作室吧。在那裡尋找是否有了不起之處。」

「咦，高原魔女大人要蒞臨嗎？」

「對啊。世界上有不少事情，必須由別人才能發現厲害喔。如果發現有什麼厲害之處，就以此為支柱活下去吧。」

換句話說，只要找到艾諾的優點就好。

讓她以此自豪活下去。

若能維持動機，悠久的人生應該也會快樂許多。

「我知道了……雖然看我的生活應該也很無趣，但既然您這麼說……」

「好，就這麼決定囉。多多指教啦。」

就這樣決定造訪晚輩魔女的家，或是說工作室。

◇

隔天，我搭乘龍型態萊卡飛往艾諾居住的地區。

「由於沒有寬廣的場所能讓龍降落，可以在不遠前降落，然後從該處步行嗎？」

「可以啊，就交給萊卡吧。」
孤零零座落於高原的我家比較特殊。由於現在住了兩名龍族，結果還ＯＫ。如果要讓她們變成龍還得走十五分鐘，實在很麻煩。
我們前往艾諾指示「從這裡筆直向前，看到城鎮後往右轉，下一個交叉點往左」的場所。
在相當深山之處，勉強有一塊龍可以降落的地方。
「從這裡開始徒步，麻煩各位了。」
在艾諾的帶領下，我們進入森林中。相當陰暗。
「這地方相當詭異呢。雖然某種意義上，可能是魔女會居住的環境。」
「身為魔女，心想應該住在很魔女的地方，才會選擇此處。」
與其說沒有路，根本只是單純森林，我們依靠綁在樹上的紅布條前進。
如果沒有這種標記，完全不知道該往哪裡走。
「早知道就該改穿活動更加輕便的服裝，吾人的衣服可能會弄髒……」
「最近我們經常走在森林或深山裡呢……」
萊卡的衣服是哥德羅莉系，很麻煩吧。
而且，這段路程相當長。
即使不需要爬什麼陡坡，可是森林愈來愈深邃，四周愈來愈暗。

還響起「嘎——嘎——」的詭異鳥叫聲。
也生長著好幾種哈爾卡菈可能會很開心的珍貴蘑菇。
走了大約二十分鐘後，
「我們到了。」
艾諾表示。
在空無一物的森林中。
「抱歉，如果這是笑話就算了，但是沒有建築物。」
「從這裡進入洞窟。」
仔細一瞧，有一個蹲著勉強能前進的橫洞。
「真的假的……」
「啊，有使用亮光魔法，敬請放心。」
這一點倒不是問題。
我與萊卡彎下身子，在橫洞中前進。
就這樣像毛毛蟲移動了五分鐘左右，見到一條小小的繩梯。
「從這裡垂直往下。」
「……嗯，我知道了。」
再往下爬了幾分鐘繩梯，終於到了艾諾堪比祕密基地的工作室。

鐵製的門扉上了兩道鎖，超有祕密基地的感覺。
還寫著「擅自進入者將遭受詛咒」。
翻成白話文就是「謝絕推銷」，雖然絕對不會有推銷員跑到這裡來。
「我躲在這裡一百多年，可是名聲絲毫沒有傳開……」
「那還用說！！！」
根本沒有人會發現這裡吧。
即使有所謂的隱密店鋪，但也沒這麼隱密。
「附帶一提，曾經到鎮上賣過藥品之類的嗎？」
「不，雖然基於興趣調配，可是覺得一直做生意不像魔女才沒有販售。如果有調配出好東西，可能會找時間推廣吧……」
「這樣怎麼可能出名嘛！！！」
這女孩的實際行動，與想受人奉承的欲望偏離得太遠了吧！
進入工作室後，只見一片該說是「ＴＨＥ魔女」，十分駭人的空間。
一大排瓶子裡裝了浸在神祕液體的蜥蜴尾巴或蠍子之類，牆上還掛著動物骨骼的標本。
「這裡有點詭異呢……」

萊卡似乎害怕這種場所，瑟縮著身子。即使似乎有人會認為龍族更加可怕，不過可怕的要素畢竟不一樣。

「啊，請坐那裡吧。」

雖然放著桌子與椅子，但椅子也是以骨頭製作。

似乎坐起來很不舒服，還是算了……

「不覺得這樣嚮往我很奇怪嗎？魔女的流派和我不一樣吧……」

「不，我也有在調配藥品。嗯，比方說……這個。」

她又從架子上拿出瓶子。不過瓶內裝的不是液體，而是一些小顆粒。

「這是以乾燥曼德拉草製作的藥丸，有消除疲勞的效果喔。對眼睛也很好，還能健胃整腸呢！」

「哦，調配的東西不錯嘛。」

之後，艾諾滔滔不絕說明藥丸的製作方式，還讓我見識乾燥曼德拉草。

「這些曼德拉草都使用三年期，成長得剛剛好的品株。使用更嫩的也能製作，不過成分會變得不上不下。身為配藥專家，製作上絕不能妥協！」

畢竟我也是一介魔女，只要聽到製作方法，至少知道這是真正有療效的藥品。

冷靜一想，都能長生不老了，身為魔女肯定優秀。照理說絕非什麼也不會。

「其實這個不錯啊。以『曼德拉草錠』這樣的名稱販售應該會熱賣。不，應該說已經在賣了吧。」
「不，身為魔女，覺得不應該隨隨便便出名，所以沒有市售。」
「這樣不是很浪費嗎……」
「這，這個……如果有人認同這些藥丸的品質，懇求我商品化的話，倒也不是不能考慮……」
艾諾有些難為情地低頭扭捏。
「呃，魔女如果太拋頭露面推銷自己的藥品，該說太像商人呢，還是有違魔女之道……或者比較嚮往只有內行人才知道的天才呢……」
天啊，我大致明白她的問題為何愈來愈複雜了。
「妳多半認為，既然要立足就要達到『只有這個世界上的超一流魔女，認同這些魔女藥品』這種地位吧？」
「是的，只將藥品賣給自己認同的對象，拒絕首次上門的魔女最好！」
艾諾的眼神略為閃閃發光。
「然後以這種頑固到底的職人身分，在世間打開知名度更好，對不對？」
「沒錯，就是這樣，就是這樣！」
「不覺得哪裡矛盾嗎？」
萊卡從一旁恰當地吐槽。

© Benio

「明明追求內行人才知道的立場，卻又想廣為人知，應該無法兩全其美吧，難道以鍊金術師的哲學之類就能解決嗎？不學無術的吾人不太清楚呢。」

萊卡的聲音中帶有幾分尖銳的刺。

如果讀取她的心聲，上頭可能寫著「妳是笨蛋嗎」。

而她的心聲，似乎也傳達給了艾諾。

「啊……您說得沒錯……可是這方面，呃……就是這樣啦……」

「是怎麼樣呢？」

萊卡主動湊近距離。

「從剛才妳的言行舉止就毫無連貫性喔？也就是說，妳究竟以什麼為目標？究竟想做什麼？能不能簡明扼要地讓愚昧的吾人聽懂？」

艾諾的身子看起來瑟縮了一些，似乎被問倒了。

我拍了拍手。

「萊卡，可以了。之後由我代替艾諾說明吧。」

「亞梓莎大人能夠統合如此難解的理論嗎？太厲害了！」

其實也沒有偉大到能統合啦，只要以人類是矛盾的生物為前提就行了……

「其實啊，萊卡，人類有所謂的門面。」

「就是所謂的虛榮心吧。」

一使用生硬的詞彙，就更加鮮明呢……

「艾諾的情況，她的門面呢，就是想成為帥氣的魔女。更具體地形容，就是毫無商人氣息，行家才知道的天才魔女比較好吧。」

艾諾聽了略為點點頭。畢竟承認也很難為情呢。

「可是另一方面，她也希望世間認知自己是偉大的魔女。問題在於，這需要調配優良藥品並販售的宣傳活動，如果一直生活在這種誰都找不到的工作室，就沒有人會發覺她。」

至少在稍微靠近村里一點的地方活動嘛……

在這種堪比祕密基地的地方，連同行都找不到。

而且，如果同行都找不到她，也就無法在業界引發話題。

她的問題應該是太貫徹『照貓畫虎』了。

「謎團就在這裡，連吾人也覺得根本矛盾……」

「不是啦，這就是矛盾啊。不如說，言行舉止完全一貫可能才是特例。這一點，由於萊卡沒有迷惘，可能反而更難理解吧。」

低著頭的同時，艾諾一直默默聽我們的話。

「這是我的意見，如果要反駁的話就儘管說吧。畢竟終究是對萊卡解釋的一般論調。」

「沒、沒有說錯……不好意思……」

只要本人承認，之後就簡單了。

「換句話說，妳想受人奉承吧？」

「是的，我想受人奉承！」

「為了受人奉承，妳認為應該怎麼做？」

「唯、唯一的方法就是展開成名的活動！」

嗯，說得好。

「那麼，我們就展開活動吧。」

艾諾對我這句話露出有些膽怯的反應。

「請問……說是活動，究竟要做什麼呢……？」

「販售藥品。販售，然後成名。」

「這、這個……其實，我有怯生的恐慌症，喬裝成別人還好，可是沒有喬裝就會緊張，絕對會搞砸吧……」

所以喬裝高原魔女的時候才沒事嗎？一旦切割成演技後，滿多人會變成外向的個性，因此我也不是不明白。

「包括這一點要慢慢習慣。妳不想在這種誰也找不到的荒郊野外，獨自寂寞生活吧？」

「這個……的確不想……我想沐浴在憧憬之類的視線中！最好有人能為我豎立一座銅像！希望村里提拔我為榮譽市民！」

亂七八糟的世俗欲望爆發啦！

「現在回想起來……工作室當初應該設置在距離都市近一點的地方才對。若是能從王國的王都抵達的地點更好……」

「亞梓莎大人，她突然變了個人呢……該不會召喚惡靈之類附在她身上了吧？」

雖然萊卡大吃一驚，但某種意義上，這是對自己坦承的結果，希望她可以稱讚艾諾。

「不，這樣就對了。有這種心情才好。那就準備開賣吧！」

◇

我們來到附近的城鎮，先在該處購買兩星期舉辦一次的大市集擺攤許可證。

突然開店的門檻很高，不過在市集擺攤的準備就少多了。即使感到疲勞，只要回家後狂睡到隔天就可以。

另外，我們的攤位號碼是「ア－２３ｂ」。

「太好了，這裡是壁攤呢！」

艾諾十分開心。壁攤？同人誌即售會!?

既然決定好場所，就開始製作商品與宣傳用材料等。

即使有些難為情，還是準備了「高原魔女都說讚！曼德拉草錠」的旗幟。我是真的覺得不錯，絲毫沒有撒謊。

至於準備零錢等瑣事，萊卡都幫忙處理了。

這一點看得出萊卡真的很機靈，將來肯定是好太太——不如說，希望她在我身邊當妹妹。

「亞梓莎大人，吾人還準備了寫著『首次開店』的招牌，以及『一百五十年傳統功效』的布條，要不要也使用看看？」

「萊卡，妳做事真的好徹底呢……」

不過在三人合力之下，總之算是準備完畢。

「如此一來就大致準備好了。我們先回去，等舉辦市集的日子再來吧。」

「好的，非常感謝您！我會以錠劑市占率第一為目標！」

雖然覺得她太熱衷於做生意，不過算了，沒差……

然後，到了舉辦市集的日子。

我和萊卡一同來到市集。

地點在面向大型建築物的牆邊，後方沒有其他攤位，因此空間相當充分。原來壁攤是這個意思啊，的確沒有說錯。

一早過去，發現艾諾已經正式設置完畢。

遠比我們幫忙的時候更加正式，相比常設攤位毫不遜色。

不過比起設置，還有更加顯眼的事物。

就是艾諾的打扮超級華麗。

她的服裝並非魔女，已經算是魔法女孩了。不，不對，是魔法少女吧。絲毫沒有讓人聯想起魔女的黑色基底，反而以粉紅色與白色為主。拿的也不是拐杖，更像魔法杖之類。

「唔……完全就是全新邪教呢……」

萊卡以幻想世界觀為前提提高警戒。

「艾諾，這已經超越可以視而不見的層次了，所以我要問一下，這是怎麼回事？」

看在曾經是日本人的我眼中，根本就是Cosplay。

「這個，我不是說過自己有恐慌症嗎？」

聲音聽起來伶俐的誇張，甚至根本就像動畫的聲音。

「因此，我才藉由表演與自己完全不一樣的角色，克服恐慌症！」

「原來如此。雖然我愈來愈不明白這究竟是對是錯，但只要妳能接受就好！」

「附帶一提，這身打扮是模仿當地自古流傳下來的妖精喔。」

那果然是Copslay吧。

攤位前頭甚至設置了「今日限定，第一瓶半價！」的POP廣告。我知道了。妳就放手去做吧！

「為了今天我準備了五百瓶。以完售為目標。」

後頭陳列著似乎裝了瓶子的箱子。

如果沒賣完囤積的話，豈不是很慘嗎……

「首次上市就要賣五百瓶會不會太逞強啦……？」

「可以的，賣得了的！本來甚至還猶豫要不要準備一千瓶呢。」

艾諾眼睛炯炯有神地表示，可是我心想。

肯定不會有什麼好下場……

這種情況如果賣不出去，就會變成存貨喔……而且擺攤者本人會見識到照貓畫虎，最後卻賣不出去的事實喔……

不對，現在就想著失敗也不太好吧。

然後，到了十點。市集開張。

「各位，這是深山魔女的『曼德拉草錠』，對身體很好的『曼德拉草錠』喔！

連高原魔女大人都讚不絕口！各位，今天限定第一瓶，半價！半價出售喔！歡迎各位！」

艾諾的宣傳生十分宏亮。

「亞梓莎大人，如此一來，吾人不就沒必要在這裡了嗎……她一手包辦了喔……」

「或許是這樣沒錯。」

由於相比周圍攤位顯得異樣，純論注目倒是吸引了不少，可是賣得出去嗎……不過看到艾諾頗為認真的表情，或許這是正確的吧。

「萊卡，原本畏縮的人如此努力了呢。這一刻也不能說她沒成功吧？」

沒錯，之前一直等別人發現自己的她，如今主動在別人面前露臉。

「如此一來，即使失敗了，依然能以此為契機進步。屆時總有一天會成功。」

萊卡似乎明白了我的話，略為點了點頭，

「換句話說，已經預料到這一次會失敗了嗎？」

「……難、難說喔……似乎引起他人注目了呢……」

到了當天市集結束的時間。

『曼德拉草錠』的銷售量，是七十三瓶。

我不清楚這裡的行情，但以第一次擺攤而言成績還不差吧。

可是，艾諾望著四百多瓶的存貨一臉茫然。

「這些瓶子該放哪裡才好呢……」

「只能找地方收納囉。」

「真是奇怪……我明明很努力宣傳了……」

不如說宣傳過度，導致人群不敢集中了吧。我甚至聽到有人表示「那是什麼打扮啊……」

「其實這樣就很好了。話題性本身已經達成，以此為目標的不挑嘴客人也上門了。或許比完全不宣傳好得多。」

萊卡說出客觀的感想。

沒錯，如果做了卻失敗，還是比不做而失敗好。失敗的經驗為成功之母。

「首先想辦法處理這批存貨吧……乾脆再挖一個地下室好了……」

「這些粗活倒是可以幫忙。反正在高原之家的一旁也設置了地下室。」

艾諾雖然露出敗軍之將的表情一段時間，但就在撤除作業的打包結束後，表情變得開朗許多。

「拋頭露面，賣東西真是開心呢。收到錢的瞬間，讓我覺得還好有擺攤。」

「艾諾，那是因為妳用正經的方式滿足了承認欲啊。」

「咦？」

「將自己製作的商品賣給別人並收取金錢，就代表艾諾受到別人的承認。接下來只要反覆即可。」

「好、好的，我明白了！我會努力的！」

艾諾的眼神閃閃發光。嗯，好好加油吧，晚輩魔女。

「下一次，我會製作品質更高的服裝參戰！」

「等等，目的不是那樣。」

假冒高原魔女也是一樣，說起來，她該不會喜歡變裝吧。

扮裝祭典從很久以前在全世界各地就有，或許訴求的是人類原始的快樂也說不定。

好不容易將瓶子全部裝進多餘的房間，不需要開挖額外的地下室。

「下次我不會再躲在工作室裡，會多多來到鎮上。」

「嗯，這樣就對了。」

「然後一有機會，就試著詢問有沒有人要買『曼德拉草錠』……」

沒辦法，存貨太麻煩了……

「有積極的想法就好。當初如果製作一千瓶，可就麻煩了呢。」

聽著萊卡的附和，我跟著心想。

賣東西還是不要一口氣準備四位數的分量吧。

首先從頂多三百份觀察銷路才對。
「吾人購買一份存貨吧。多少錢呢？」
「不用，我會送給您的！不如說免費也可以，請收下吧！」
最後收下兩瓶做為家用。
至於功效方面，身為魔女的我可以保證。
「那麼，我們會偶爾再來玩的。」
「好的，等待兩位的光臨！」
魔女小妹妹很有精神地揮揮手。
「以後不要再冒充高原魔女了喔。」
「好的，今後對外我會使用『洞窟魔女』的身分！暫時預定會參加市集，方便的話再過來喔！」

◇

就這樣，順利解決了我的冒牌貨事件，不過這件事情還有一點小後續。
大約過了兩星期多的某一天，一封信寄到高原之家。
寄件人是艾諾，我心想可能是目前活力十足地經營，拆開一瞧。

致親愛的亞梓莎大人。
不好意思……
很抱歉冒昧打擾，可是『曼德拉草錠』
在下一次市集突然爆賣……
生產進度完全跟不上……
我想雇用能幫忙工作的人，
可是完全沒經驗而不得要領……
我該怎麼做才好呢……？
洞窟魔女艾諾敬上

咦，那瓶錠劑後來大賣了嗎!?

前往艾諾那裡一打聽——

上一次購買的人服用後，身體變得很好。隨後口耳相傳，一下子民眾爭先恐後前來購買。

結果下一次市集，不抱希望帶去賣的存貨在前兩小時銷售一空，之後訂單持續飛來，一直忙著製作錠劑。

「必須去採集品質好的曼德拉草，可是沒有時間出門……」

「這算是哈爾卡菈案件了吧，只能問她了。」

派遣哈爾卡菈前往，還摸索過採行工廠制的可能性，結果發現製成藥丸需要特殊技術，大量生產依然有限度。

放棄大量生產的艾諾，將藥丸改成訂單生產制，在能力範圍內銷售。開始販賣大約三個月後，艾諾似乎以「配藥達人」之名廣為人知。

在我看來，激發了她沉睡的才能，算是善事一件吧。

目前，洞窟魔女製作的『曼德拉草錠』在我房間當成常備藥擺放。

芙拉托緹

藍龍女孩，服從亞梓莎。與紅龍萊卡同樣身為龍族，因此在各方面不停較勁，其實本性是樂天又開朗的女孩。與萊卡不一樣，變成人形時依然保留尾巴。

我才不想與紅龍混熟呢！

我會一直跟隨大姊妳的！

羅莎莉

居住在高原之家的幽靈少女。拜服於不避諱身為幽靈的自己、更伸出援手幫助的亞梓莎。雖然能穿牆卻碰不到人，還可以附身在別人身上。

佩克菈（普羅瓦托・佩克菈・埃莉耶思）

魔族國度之王。最喜歡利用權勢與影響力折騰亞梓莎與身邊的部下，是具備小惡魔個性的女孩。其實還兼具「想順從比自己強的對象」這種M的一面，目前對亞梓莎服服貼貼。

氣質酷酷的魔女姊姊大人，最棒了呢。

搜索了不死者

早上醒來，走出房間準備吃早餐，發現人口密度一目了然地高。

現在看到別西卜已經不會驚訝，但連瓦妮雅與佩克菈都在是怎麼回事啊。

優雅喝著茶，同時佩克菈開口。

「哦，姊姊大人，早安呀。」

「魔王怎麼會一大早就在？這裡不是魔王城喔。」

「這是有很深的原因的。」

佩克菈無所顧忌地回答。餐桌看起來比平時優雅，是因為一國之君駕到吧。雖然對我們家沒什麼好處。

「不，魔王大人，其實沒什麼深入的原因。由於今天要搜索這一帶，機會難得才順道拜訪。」

別西卜乾脆地訂正。

「對呀。若是這個時間，總不會不在家吧。」

瓦妮雅也說出只顧自己方便的話。是沒錯，外食並非我們家早上的飲食習慣，但問題在這邊嗎？

哈爾卡菈端來以切成細條的炸麵包裝飾的沙拉。負責料理值日的話，人數遽增很辛苦呢……

「來，這是追加的沙拉……這樣足夠了嗎？」

「嗯，真美味。果然早上就該吃沙拉，清爽地提振精神才對。」

反而是一大早喜歡吃得飽飽的芙拉托緹露出欲言又止的表情。

「算了，早上吃什麼其實都無妨——」

「姊姊大人，餅乾烤好了喔。」

佩克菈拿起餅乾，遞到我的嘴邊，於是我『啊～』一聲張開嘴，餅乾跟著送進嘴裡。

「這已經超越女孩子的興趣，達到專業等級了呢……」

「嗯，我向城裡的廚師請教過了喔。」

能挑選最棒老師的環境真是厲害。

法露法與夏露夏都朝餅乾盒子伸手，不停吃著餅乾。

相較於油膩的食物，餅乾對健康沒什麼壞處，稍微吃太多也無妨。

等到有空的時候，再讓兩位龍族製作餅乾吧。

「所以說，今天究竟有什麼工作──」
「來，姊姊大人，再一片。這一片是有點草莓味的喔。」
我再度張開嘴，餅乾迅速放進嘴裡。
「嗯，草莓的清爽滋味在嘴裡擴散呢。」
「太好了。我會更加精進喔！」
「這些餅乾風味絕佳，是筆墨難以形容的美味。」
夏露夏說出與外表有反差的生硬讚美，總之就是美味吧。
「嗯。這種爽脆感很不錯，也不會感到口渴，還留有恰到好處的溼潤感，這一點真是了不起。」
我好像並未露出笑容，讚不絕口呢。
可是，主題並非餅乾。
「魔王大人的餅乾在范澤爾德城邑內，也是無人可及的層次喔。身為料理人我可以保證！」
雖然連瓦妮雅都打包票，但她坐在距離佩克菈不遠的地方，還是會害怕魔王吧。
「嗯，餅乾感受得到微微麥香，十分溫暖，口感輕巧要吃幾片都可以，不過今天究竟是為了──」
「對了，小女子今天也帶來岩石麵包這道鄉土料理哪。」

別西卜將一塊大如人臉般的巨大沉重麵包放在桌上。

「哈爾卡菈，妳試著從那邊開始大口咬。」

「如果不以刀子切分，單憑我一人是吃不完的。不過，我會毫不猶豫老實吃下的。」

哈爾卡菈對未知食物的毫無顧忌，真是了不起。

「哦，好甜，還是好甜——嗚哇，好像摻了香料之類，口中跟著產生變化！」

「沒錯沒錯。岩石麵包就是在一塊麵包內混入了各式各樣的味道哪。」

「慢慢吃可以享受所有的味道，不過像這樣大口一咬，就會在口中上演異種格鬥技，也是饒富趣味之處哪。」

瓦妮雅雖然給予肯定的評價，不過身為魔族料理人，這樣真的好嗎？

聽起來好像日本的山賊飯糰……在一個特大號飯糰中包進各種配料。大口咬下去會同時吃到明太子、昆布與梅干。

「唔……我去喝點水……不過味道還不錯呢。」

哈爾卡菈的思考很正面。

這種生活方式可能真的是身為企業家的成功祕訣。

即使難以接受，也絲毫不會氣餒。

「妳叫哈爾卡菈吧，沙拉也十分美味喔。」

佩克菈對哈爾卡菈露出笑容，不過佩克菈可能因為過去的各種遭遇，笑容有些抽筋。

「那麼，我們差不多該工作囉。請魔王大人回去吧。」

眼看瓦妮雅即將畫上句點。

「等一下！弄半天，妳們究竟是為了什麼工作而來的？」

終於問出來了。

如果魔族進行什麼工作，很難保證不會對這邊的世界造成重大影響。畢竟我也是相關人物，至少想先問一下，如果有可能引發大混亂就必須阻止。

別西卜指了指天花板。

只見羅莎莉輕飄飄浮在空中。

「咦？與我有關係嗎……!?」

羅莎莉也感到驚訝。

「是略為接近幽靈的事物。話雖如此，如果是幽靈的話，原則上我們是不會介入的。」

好像變成了猜謎形式呢。機會難得，就陪她玩玩吧。

「提到幽靈的近親，就是妖怪啦，喪屍啦這一類吧？」

「剛才已經相當接近了。」

哦，亂槍打鳥就猜中了嗎？

「一言以蔽之，是不死族。我們在尋找不死族。」

「幽靈沒有實體，不屬於魔族管轄範圍，但是不死族具備實體。要說屬於魔族其實是灰色地帶，只是在人類世界似乎沒有管理，因此才由魔族保護。」

瓦妮雅的說明十分簡明易懂。

人類世界的確沒有不死族的相關法律。

可是，聽到不死族這個詞讓我略微提高警覺。

至少比起野豬增加造成麻煩的消息，感覺更加危險。

「欸，這樣不是有可能引發大慘劇嗎……？比方說人類被喪屍咬到的話，人類也會變喪屍那樣……」

「為什麼被喪屍咬到就會變喪屍啊。喪屍可不是疾病哪。應該說，喪屍對不死族而言可是歧視用語，可要小心啊，這年頭在魔族領地上，早就沒有這種不衛生的東西啦。」

看來在這個世界中，喪屍這個詞似乎意指骯髒的不死族。

「甚至有人類利用魔法，主動變成不死族喔。好像是成為不死者實驗的一環。結果呢，讓人類世界出現了不死族。」

佩克菈搶先回答了我的疑問。

「原來如此，不死族是從人類世界誕生的嗎？所以變成不死族之後，就由魔族這邊管理吧。」

「就是這樣。如果人類變成不死族一事曝光，可能會遭受他人嫌棄，甚至會遭到火刑。畢竟在人類的法律中，會動的死者沒有人權哪。」

絕對沒有任何一部法律，會記載死者有權利接受審判的條文。

「我們收到前往人類世界採購的魔族報告，見到了似乎不死族的對象。理論上這種業務與農業大臣的小女子無關……卻因為小女子經常前往人類世界，肯定很熟悉而受命前來搜索。」

「對，是我拜託她的喔。」

佩克菈嫣然露出小惡魔的笑容。其實不只是小惡魔，而是魔王了。

不過我也十分慶幸。

考慮到完全陌生的魔族跑來，引發麻煩的風險，派別西卜與瓦妮雅來尋找，由於彼此認識，可以減少我的操勞。

「所以說，接下來要搜索這片地區。由於收到的情報曖昧不清，目前還無法縮小範圍是麻煩之處……也有可能根本就在其他州……多數魔族根本尚未掌握人類世界的地理……」

就像日本人聽到美國有些小眾的地名，根本不知道在哪裡吧。

別西卜在工作之前就露出麻煩的表情。
像是在不熟悉的土地上，隻身一人尋找不死族的懲罰遊戲一樣。
「對了，我想到一個好主意。」
佩克菈雙手一拍。
別西卜與瓦妮雅主僕都露出不情願的表情，肯定經常被她折騰吧……
「姊姊大人也來幫忙如何？這樣效率會比較高喔。」
「哦，魔王大人也會提出正經的提議哪。」
雖然別西卜表情開朗，可是這下子，換我露出不情願的表情。
「咦，為何要找我……」
「又不是固定工作，有何不可。會支付報酬的。」
不要說得人家好像居無定所的飛特族好嗎？
我可是過著孜孜矻矻狩獵史萊姆的生活呢。
「對了，如果人類先發現不死族，有可能遭到毒手喔。原來妳的意思是不死族死了也無所謂嗎？不算活人所以死了也無妨嗎？是啊，是啊。」
「唔，這種攸關生命的說法太賊了……還有，聽到妳的描述，我頭腦混亂了……」
結果，究竟是活著還是死了啊。拜託說清楚好不好……
「好啦好啦，知道了。我幫助妳總行了吧。」

「嗯，一開始坦率答應不就好了嗎？」

真會占便宜，不過別西卜也有些開心，內心並沒有惡意。

「各位，這次可以不用參加沒關係。只是我個人協助魔族而已，大家一如往常生活吧。」

以法露法表示「好～」為開端，家人們都露出心領神會的表情，應該沒問題了吧。

之前還找過冒牌貨，最近好多找人的活動。

俗話說有一就有二，是這個意思嗎？

「不死族有什麼特徵？畢竟從未見過，不太清楚耶。」

「特徵啊，沒什麼哪。」

「沒什麼特徵喔。」

主僕兩人輕描淡寫說出過分的話。

「那到底該怎麼找啊！」

「長年的直覺。」

「憑長年的直覺。」

我可是來客串的耶!?

一下子就面臨前途多舛的情況……

進一步打聽不死族的資訊後，得知以下事實。

◇

‧不死族的外表與人類毫無區別，像喪屍那樣外表腐敗的是少數派。
‧但由於是屍體，會散發臭味，大多會以濃烈的香水等加以掩蓋。
‧如果原本就過著社會生活，多半會繼續維持同樣的狀態。

這找起來果然很麻煩吧……

除了我們三人，再加上瓦妮雅的姊姊法托菈與武史萊小姐。由於武史萊小姐成為別西卜的徒弟，總覺得好像供人使喚，但她畢竟是史萊姆，待在魔族手下也不壞。

「那麼，現在開始搜索不死族的活動。希望大家好好努力。」

隊長別西卜說出訓示般的話。

「附帶一提，要怎麼搜索？」

「自己看著辦，到處打聽有沒有不死族吧。」

可能因為魔族長壽，有時候實在很隨便……

◇

我們首先前往弗拉塔村，四處宣傳以下內容。

「不好意思～我們是不死族回收業者～身邊有不死族的話請告訴我們～不死族也是有生命（？）的喔，請不要焚燒不死族，交給我們處理吧～」

「高原魔女大人，您又在搞怪了呢。」「魔女大人，要怎麼區分不死族呢？」

既然村民們聚集，問話就簡單多了。

「不死族可能就在這附近出沒。雖然無害，可是不死族因此受害畢竟不好，所以要加以保護。」

我相當直白地說明原因。

「如果各位當中有人使用特別濃烈的香水，請告訴我。」

「這樣啊，我家那口子總是噴濃烈香水喔。」「聞到芳香接近一瞧，原來是因為有類似魔物的對象啊。」「你們幾個，被聽到的話小心欠揍喔！」

真是悠哉啊，看來弗拉塔村沒有不死族吧。

這時候，天空頓時暗了下來。

法托菈變成利維坦飛在空中。雖然可能是瓦妮雅，但是沉靜優雅的飛行方式，應該是法托菈吧。

還是一樣引人注目呢……還有村民看得目瞪口呆。畢竟是超巨大生物，想必十分不習慣。

結果，有東西從法托菈身上飄落。

似乎紙片的東西接連在空中飛舞。

我撿起一張來看，上頭這樣寫著。

尋『人』啟事

你的身邊，是否有不死族呢？

或者你就是不死族呢？

我們魔族會負起責任保護你。

還有其他不死族，可以結交朋友喔！

請聯絡別西卜、法托菈、瓦妮雅，以及武史萊。

在地面畫出下圖的魔法陣，然後詠唱

『列姆達・菲力・歐維史瓦』。

※此外，本傳單是以環保的植物紙質製作，會回歸大地。

魔族做事情果然粗枝大葉！

而且這麼明目張膽闖進人類世界，真的不要緊嗎？

「嘩～好大的動物呢～」「媽媽，我想養那個～！」「飼料費付不起吧！」

弗拉塔村的村民，愈來愈訓練有素了。

還是說住在不遠處的我也要負責任呢……

就這樣，法托菈的撒傳單作戰遍及全州。似乎還有部分地區鬧到軍隊出動，但是弓箭射不到利維坦的飛行高度，就這樣看她飛向遠方，騷動隨之平息。

只不過當天結束後，我在慶功宴的酒吧向別西卜抱怨。

「這麼一來，我參加不就沒有意義了嗎……？」

「沒這回事……實際走訪也是很重要的……」

說這句話的時候，能稍微看著我的眼睛嗎？

「如果有人心裡有底，應該會主動通報。其實是很合理的好方法。」

總覺得法托菈的表情有些得意。

雖然承認她的方法，可是我們就白來了。

「在州內狂奔到處發傳單，累死了……差點要變回史萊姆……」

武史萊小姐燃燒殆盡，臉趴在酒吧的桌上。

別拿這種活動當成修行啦。

「雖然很辛苦，但我必須變強……這樣就能賺更多的錢了……」

動機不單純！

「這間店的菜色，味道不怎麼樣……火候掌握不佳。即使是相同食材，也一定能做得更美味……雞皮一點都不脆……」

廚師瓦妮雅一直在抱怨，似乎有些部分她無法忍受。

「總之都這麼大張旗鼓了，發現不死族只是時間問題吧。」

隊長別西卜宛如勝券在握般開心喝酒，啪噠啪噠搖晃扇子。

總覺得這場慶功宴愈來愈奇怪……

「亞梓莎啊，保險起見，明天也來吧。可能明天之內就會找到哪。」

「好啦好啦，我就當打工幫忙囉。」

可是，出乎別西卜的意料，沒有任何不死族的聯絡。

即使還到附近的州發傳單，卻依然沒反應。

「碰了壁呢……」

真要說起來，似乎完美主義者的法托菈臉色發青。

夜晚總是在某座城鎮的酒吧舉辦慶功宴。

看來魔族似乎是酷愛舉辦慶功宴的種族。

「要說可能性的話，第一：根本就沒有不死族。第二：有不死族，但本人卻隱瞞這兩種吧。如果對方存心隱瞞，傳單當然也無效。」

「唔……傳單已經花了不少錢，想看到效果哪……否則會被會計局的官員碎碎念……」

別西卜在煩惱國家級官員的問題。

「欸，亞梓莎，有什麼好方法沒有？妳一定想得到！」

「拜託！不要挑這時候奉承我啦！更何況連有沒有都不知道，門檻也太高了吧。」甚至有可能在尋找根本不存在的對象。

「在不死族的傳單加上賞金如何？發現就給五百萬戈爾德之類。」

「沒有那麼多預算，況且這麼做會有像武史萊這種人帶來謠言，宣稱自己發現哪。」

我心想妳對徒弟也太壞了吧，結果武史萊小姐露出吃驚的表情，剛好各打五十大板。

「這個……請問有沒有什麼頭緒呢……？亞梓莎小姐對人類領地比較詳細吧……」臉色發青的法托菈表示。

「關於不死族的話題我完全——有聽過。」

咦，究竟是哪裡啊。好像就在最近才聽到這個詞……

畢竟我不可能提到附近的不死族缺乏『活力』之類的話題，所以一定是聽來的。

問題是，我們家沒有人對不死族感興趣。

這種事情，連在弗拉塔村都掀不起話題。

說到不是家裡也不是弗拉塔村的場所，其實很有限呢…………哦，我想起來了！

「尋找冒牌貨的時候！有個人對不死族特別堅持！」

雖然不記得清楚見過對方長相，但這是唯一可能。

「那該不會只是單純的不死族宅吧……？」

別西卜似乎還不相信。

「哪有什麼不死族宅呢。就算真的有，既然對不死族這麼執著，代表或許知道位置。」

◇

隔天，我們前往之前有人反覆提到不死族的聚落。

首先開始四處打聽。如果記得對方長什麼樣就好了……雖然應該是女性。

先去找像是聚落村長的人。

「怎麼會呢～這麼偏僻的聚落，沒有這麼可怕的東西啦。光是羊罹患感冒都算新聞哪～」

村長悠哉地表示。唔，一開始猜錯了嗎？

「別擔心。這個聚落很小，只要問問所有人，自然就會發現吧。」

聽別西卜如此表示，我們開始打聽。這裡的人口的確少到可以詢問所有人。

只要一見到人，我們就詢問不死族的情報。

不過——從早上直到中午，絲毫沒有成果。

「不死族？沒有這種東西啦。」「沒看過哪個人腐敗呢。」

真是奇怪。難道弄錯聚落了嗎？不，這是當初發現冒牌貨的聚落，應該不會錯……

「喂，完全白忙一場了哪。」

別西卜半瞇著眼瞪我。不只這樣，法托菈累得喘氣，武史萊小姐還假惺惺地拍了拍腳。

我特地幫忙妳們耶，怎麼反而變成戰犯了啊！

「有、有什麼辦法……難免會這樣嘛……」

這時有位婆婆端著一籠子裝著特別熟透，不如說熟過頭的蘋果經過。

可能還散發腐敗的氣味，甚至有幾隻蒼蠅飛來飛去。

實在讓人很在意。

「不好意思。這已經沒辦法吃了吧？雖然也有人說快腐敗之前最美味。」

「噢，這個啊，是要給墳場警衛朋德莉妹妹的。」

「墳場警衛……？不好意思，能不能詳細告訴我這個神祕術語的意思呢？」

「說是墳場警衛其實是半開玩笑，就是守墓人啦。看，丘陵上不是有片聚落的墳場嗎，朋德莉妹妹從五年前就在該處當守墓人了。」

別西卜在後方高速抄下筆記。

「她似乎有鐵腸胃，說連快腐敗的食物都不會吃壞肚子，所以我才經常帶給她。」

「原來如此～我們可以跟過去看看嗎？」

於是我們前往丘陵上的公共墳場。走在路上，向婆婆打聽後得知。

「朋德莉妹妹大約從五年前突然造訪，表示自己要當墳場守衛。雖然告訴她又不是沉眠寶藏的王家墓穴，不會有人跑來盜墓，但她還是堅持『不，請讓我看守吧！我不需要太多薪水！』」

原來她主動要求薪水啊，臉皮還真厚呢。

「看起來也不像壞孩子，才讓她以墳場警衛的名稱負責守墓。她表示會以專家的眼力稱職地守墓呢。」

什麼專家啊……難道會發現外行人看不出來的墓碑髒汙並立刻清除乾淨，或是有什麼特殊方法避免烏鴉聚集在供品上呢。

還有，對墳場警衛這個名稱實在很在意……

上輩子的記憶中，好像有人自稱自宅警衛……

不久後抵達丘陵上頭，入口有一間小小的管理小屋。

「朋德莉妹妹就住在那裡。」

現在所有人一擁而上會遭到懷疑吧。

「嗯哼，其實這名叫瓦妮雅的女孩喜歡逛墳場……不是有種人叫做墓園巡禮者嗎？興趣是參觀名人的墓園，所以現在去墳場看看囉！」

「咦，我對墳場的興趣明明就少得可——唔唔唔唔！」

姊姊法托菈急忙摀住嘴，做得好。

「這裡應該沒有什麼名人的墓園。頂多只有曾在快吃柳橙大賽奪冠者的墓吧，墓碑雕刻成柳橙的形狀喔。」

這倒是有看一眼的價值，實際去看吧。

「啊，真的耶！有塊柳橙形狀的墓碑！而且還不是浮雕，是完全立體呢！是柳橙的石雕喔！」

瓦妮雅顯得最興奮，跑過去一探究竟。

結果妳根本有興趣嘛！

先別管真的跑去墳場的瓦妮雅，我們決定確認住在不遠處，名叫朋德莉的女孩與婆婆見面的時候總會出來吧。

「亞梓莎，妳覺得她是不死族嗎？」

「可能不是吧，因為不死族不會變老。所以說，必須經常輾轉流離吧？一直維持年輕容貌不會變老，不是會遭到別人懷疑？」

然後，門喀嚓一聲開啟，一名身穿睡衣的女孩子出現。

既然長著貓耳與尾巴，似乎是貓的獸人。

「朋德莉妹妹，我帶快腐敗的水果來囉。」

「呼啊～謝、謝謝婆婆。不好意思，最近日夜顛倒，剛剛才睡醒。晚上一直在玩遊戲……」

「生活總是這麼不規則啊，得好好吃飽喔，今天氣色也不好呢。」

「放心吧。我一直是肚子餓的時候就吃，想睡的時候就睡。很忠實保持自然喔。」

剛才這句話，肯定沒錯。

雖然不知道是不是不死族，但肯定是尼特族……

還有，她的睡衣上寫著這句話：「工作就會變成魔法石」。

意思肯定是「我死都不會工作」……

等婆婆出來後，別西卜敲了敲朋德莉的小屋。

可是卻沒反應。

「唔唔，不知道上門者是誰就不開門嗎？還真有防盜意識哪。」

「別擔心，這裡交給我。」

我好像摸清她的對應方法了。

「不好意思，有妳的包裹～請簽名～」

總覺得聲音比平時還高亢。

「不好意思，剛才的點子也太隨便了吧……」

法托菈浮現疑惑的表情，不過這樣就夠了。

「『您中獎贏得了會流出聖水的小型魔法泉水』這樣說是不是比較好？」

「武史萊小姐，那樣聽起來好像淨水器詐騙……」

「啊，我剛才想到了，如果每個月收取高額使用費，會不會賺大錢呢？」

「妳總有一天會被抓去關……」

有志於武道的人不該講這種話。

好啦，包裹作戰成功。

門喀嚓一聲開啟。

「最近書好快就送來了呢～太感謝——欸!?喵!?」

一見到我們的表情，似乎直覺發現不妙。

好像是貓的獸人，還發出很貓咪的聲音。

她連忙試圖關門——但別西卜已經伸手擋在門縫中，硬將門拉開。別小看高等魔族的力量喔。

「呵呵呵，妳就是不死族吧？沒錯吧？」

「不、不是！我只是普通的墳場守衛！只是二十四小時負責守衛墳場而已！」

「是嗎，那就帶妳到神殿，請神職人員對妳施放淨化魔法吧。只要身為魔族大臣的小女子一點頭，連神殿都會馬上跑來施放淨化魔法哪。」

雖然心想別靠魔族權力利用人類的神殿啦，但這句話似乎發揮了效果。

「不、不好意思！我什麼都願意做，千萬別這樣……除了工作以外我什麼都願意做……」

原來這女孩的「什麼都願意做」不包括工作啊……

「別西卜大人，先聽聽看她的說詞吧。」

恢復平時冷靜沉著的法托菈平淡表示。

「還有……我去將跑去參觀柳橙墳墓的笨妹妹拉回來……」

瓦妮雅在後方的墳墓興奮喊著「這顆柳橙雕得真是逼真啊！」，妹妹這麼搞怪多半很辛苦吧……

◇

我們所有人都進入狹窄的屋內。

房間各處堆滿了書本與類似遊戲的東西。

連桌上的東西上頭都塞得滿滿的，簡直堪比垃圾屋。

「我的名字叫做朋德莉……當不死族大約四十年左右。」

「意思是還是新手哪。」

別西卜表示。四十年還算新手，好像傳統工藝的世界喔。

朋德莉似乎還十分緊張，貓尾不停左右搖晃。

「我原本在王都獨居，可是討厭工作而沒出過家門，一直懶散度日。後來連吃東西都逐漸嫌煩，回過神來——」

發現自己餓死了，朋德莉表示。

原來有人因為這種衝擊性的原因餓死啊……人生真是千奇百怪……

「只不過，似乎順利變成了木乃伊，身體沒有腐敗。然後一直沐浴在窗外照進來的月光下，最後變成不死族開始活動。」

「屍體沐浴在月光下，有可能發生這種事嗎……？」

使用魔法的人好像不該這麼說，但這太不科學了。

「因為月亮具備特殊的力量。不過，單純這樣是無法順利變成不死族的，可能變成屍體時有魔法師前來，施行過創造不死族的實驗之類吧？如果有這種幫助，倒是不足為奇。」

依照法托菈的說法，似乎很有可能。

「這對魔法師有什麼好處嗎？」

「是珍貴的實習材料喔。而且在室內的話，只要潛入內部就不會遭受鎮民的懷疑了。」

聽到法托菈的說明，我大致上接受了。原來世界上連屍體都有需求。

「然後呢，知道自己變成不死族的我，心想這才是真正不工作也不會死的生活，才決定輾轉於各地。啊，要吃水果嗎？」

「幾乎都已經腐敗，不用了。」

「不，小女子就收下吧……說不定勉強還沒腐敗哪。不吃就可惜了。」

別西卜明顯露出垂涎的表情。

對了，她還具備蒼蠅屬性啊！

結果在別西卜的要求下，快要腐敗，不，多半已經腐敗的水果盛放在盤子上。

很有不死族空間的風格。

「回到話題，現在我在這裡擔任墳場守衛。透過那扇窗戶可以一覽無遺。像是前幾天颳起狂風，還可以確認墓碑是否倒塌喔。」

「畢竟當墳場守衛，墓碑倒了就去復原吧。」

「不，即使倒塌，依然還在原處，所以沒關係。」

「真的只是看而已喔！」

「我覺得這份工作堪稱天職。由於是不死族，即使幽靈跑出來也不會害怕呢。」

原來如此，這是不死族的強項嗎？

目前朋德莉似乎會來到聚落，收受他人的零用錢之類。

畢竟外表像芳齡女孩，總是會有人給她錢。

她好像以這種方式賺零用錢，買遊戲或書本。

說是遊戲，其實是桌上遊戲或以幾張卡牌遊玩的類型。

「畢竟我是討厭不了的可愛角色，應該可以原諒我吧。」

雖然心想哪有人自己這樣講，但明白她想表達的意思。

這個叫朋德莉的女孩，我行我素到可怕。

養貓的人根本不會想將貓當成勞動力，只要看著貓自由隨興過日子就好。這女孩也有這樣的部分。

「我對這種生活很滿足。呃，不過呢，要說哪裡不足的話……」

朋德莉露出寂寞的視線，望向後方堆積如山的遊戲。

「就是大部分時間都獨自一人，缺乏遊玩的對象吧。雖然偶爾會有小孩子上門……」

一個人當尼特族，也有辛苦之處呢。

「就算有小孩子陪我玩……可是呢，大家都會逐漸長大嘛。所以會外出賺錢，或是出嫁……不知不覺就不再來我這裡了。感到難過的我，已經好幾次尋找不同的聚落搬家了。」

朋德莉的耳朵失落地垂下。

「畢竟能永遠維持小孩模樣的，只有妳這種特殊對象啊。」

即使在這個世界中，長生不老或接近長生不老的對象屬於少數，依然有各式各樣的種類。像我這種魔女或魔族就是一例。

另一方面，極為平凡地成長，逐漸衰老的人們也活著。

我一開始也體驗過，認識的人逐漸過世實在很難受。不切割的話根本熬不過去。

既然她說當了大約四十年不死族，代表她還不習慣不死者的生活方式。偏偏遊玩對象的小孩很快就會變成大人，因此唯有離別會反覆經驗，或許正好是最難受的時期。

「什~麼啊，就為了這點小事嗎？」

武史萊小姐說得不以為意，難道她有什麼解決方法嗎？

「只要鍛鍊身體，就不會感到寂寞啦。」
這什麼爛回答啊！
「因為肌肉就是朋友啊！哈哈哈！」
過著只有肌肉當朋友的生活也很慘吧！
「即使武史萊說的話差勁透了，但這的確是小問題哪。」
別西卜露出年長者的落落大方開口。
「那麼，現在大家一起在這裡玩遊戲如何？只論人數倒是有不少哪。」
這時候的別西卜真的很像好姊姊，該說教的時候她會幫忙。
「若是遊戲這種小事，魔族領地上會玩的人多的是。今後只要在空閒時間，想玩多少遊戲都可以。」
「真的嗎!?妳願意陪我玩遊戲啊!?」
「小女子可是魔族大臣哪，這點小事輕而易舉。」
露出皓齒，別西卜咧嘴一笑。
「上司太帥啦！」
「真不愧是別西卜大人。」
「師傅！」
眾屬下對別西卜投以尊敬的視線，畢竟她剛才就是這麼了不起。

對啊，雖然我身邊也聚集了各式各樣的孩子，但別西卜也扮演核心的角色呢。

「那麼要玩什麼遊戲呢？我這裡的遊戲種類相當多喔！」

「就玩這款『操縱傀儡』的卡牌遊戲吧。」

「這可是名作喔。以少數卡牌進行非常白熱化的互騙遊戲呢！曾經與一直住在聚落的女孩兩人玩得很起勁呢！」

「這遊戲兩人玩沒意思吧，建議四到六人。」

「我找不到這麼多人啦……」

就這樣，展開熬夜的遊戲大會。

畢竟遊戲多得不得了，怎麼玩都玩不完。

其實晚上應該好好睡覺，不過偶爾盡情放縱一下也滿開心的。

附帶一提，遊戲的戰果——

「來，小女子第一名啦。」

別西卜幾乎全勝呢。

「上司，稍微放點水對遊戲平衡性比較有幫助吧……」

「瓦妮雅，說這什麼話。萬一放水太明顯被發現，不是會遭大家的白眼嗎？遊戲就是使用頭腦的戰爭，不卯足全力才叫失禮哪。」

其實也知道別西卜的意思，但每一場都是別西卜第一名真沒意思。
另外，瓦妮雅一直穩定最後一名。
看來頭腦的好壞直接反映在遊戲成績上。
「那麼，玩點運氣成分更強的遊戲吧。那款『獵頭族』就是一種耍寶遊戲。」
「呃，不是屋主就別說明遊戲了吧。」
糟糕，原來別西卜的個性愛指揮啊……
舉止完全當這裡是自己家了……
話雖如此。
從朋德莉的表情可以看出她十分開心。
「下一次我一定會第一名的！」
魔族與貓都很能熬夜，我則是一直陪她們玩到底。
玩著玩著天也亮了。
「哎呀～真是有趣哪！」
「好想贏一次……」
幾乎全勝的別西卜與幾乎全輸的瓦妮雅，兩人的情緒呈現鮮明對比。
「各位，真的非常感謝！」

朋德莉的表情露出尼特族難以想像的活力。

「歡迎再來喔。絕對要再來喔！其他的魔族來也可以！」

「這個嘛，某種意義上，今後就會住得比以前更近哪。」

「咦，妳要搬到這裡來嗎!?」

我也和朋德莉一樣，一開始不太明白這句話的意思。

「不，是妳今後搬到魔族領地來。」

這才讓我想起當初的目的。

如果對不死族置之不理，有可能被人類發現而遭到驅逐。

所以為了保護才加以搜索。

「總之就讓妳住在范澤爾德城邑吧，在那裡想交多少朋友都不是問題，放假時也可以盡情玩遊戲。」

「咦？放假……？放假的概念不是以工作日為前提嗎……？」

「嗯，妳可得在范澤爾德城邑好好工作啊。也有像是單純的作業，放心吧。」

聽到別西卜的話，朋德莉頓時臉色大變。

然後死命抓著桌子不放。

「我不要！我絕對不工作！如果要工作的話，看守墳場就已經夠累了！」

「蠢蛋！總有一天妳的不死族身分可能會曝光而遭到消滅啊！搬來魔族領地工作

比較好吧！」

別西卜拉扯朋德莉的背。

「搬家是可以，可是為什麼要附帶工作啊！」

「帶來不死族之後連工作一起顧才是小女子的工作哪！光是將人帶來卻不給頭路，不是很過分嗎！」

「不如說這樣反而比較好吧！我要一直過著不工作的日子！」

某種意義上，變得愈來愈麻煩了……

我目睹兩種價值觀的衝突。

一邊是別西卜的價值觀：「我們會負責保護妳，取而代之得好好當個社會人工作。」

另一邊是朋德莉的價值觀：「我不想工作，所以我不要工作！我有不工作的自由！」

究竟哪一邊才是正確的呢……

對於曾經當社畜而死的我，想表示根本沒必要勉強自己工作。

問題是這句話的意思，是可以在不勉強的程度內工作。

這種意見對於宣稱完全不工作的人，多半難以接受吧。更何況在我身邊，沒有人堅持當個尼特族活下去。

別西卜多半也不打算強迫她工作，只是覺得找份工作領薪水，以此維生才算社會人吧。

到這裡為止應該都沒錯。畢竟人類是透過工作與社會產生聯繫的生物……

可是，要求拒絕工作的人工作真的好嗎？

「妳啊，不工作不就沒錢賺了嗎！會活不下去啊！」

「哪有，反正我是不死族，也沒必要吃東西！只要偶爾將別人送的水果之類當成嗜好品就夠了！」

「這樣根本不算自立的成人！」

「我根本沒打算自立，反正又沒給父母添麻煩！」

武史萊小姐與法托菈望著吵架的兩人，同時困惑不已。

「呃，亞梓莎小姐，這該怎麼辦才好呢？」

「武史萊小姐，居然精準將問題甩給我呢……那麼，武史萊小姐妳怎麼想呢？發問者應該先表達意見吧。」

「老實說，我想賺錢，所以我完全不明白拒絕工作是怎麼回事。」

「真是利慾薰心的人！」

「不，是利慾薰心的史萊姆。將賺錢當成動機的話，活著會比較快樂，也比較容易建立目標喔。」

自由業倒是會有這種想法呢。世界上，正確答案有無數種。

「謝謝妳，武史萊小姐。那法托菈妳怎麼看？」

「我個人認為，應該老實搬到范澤爾德城工作才對。待在這裡的話，不死族的祕密遲早會曝光而遭到討伐，沒有必要冒著生命危險過不工作的生活。」

「這也說得很對。」

雖然不死族感受到生命危險本身就是怪事。

「那麼，最後換亞梓莎小姐了呢。」

呿，還是躲不過發表意見嗎？

「對啊，對啊。亞梓莎，好好講一講她吧！」

「魔族過度將工作視為美德了！身為人類代表，告訴她們不工作的意義吧！」

連原本爭執的兩人都望向我。

嗚哇……我的意見有可能會決定一切耶……

有沒有什麼魔法能產生建議呢……當然不會有吧……

「嗯、嗯哼……」

好，就以自己的話想辦法搞定吧。

「啊，附帶一提，讓她寄住在妳的高原之家也無妨喔。」

「不行，真的少來這一套。」

「哎呀，還真不講情面哪。」

別西卜露出意外的表情，問題是我們家是輪值制。

連女兒都負責打掃或下廚等工作，因此不做事的人不能住在家裡。一旦住下來，絕對會有人抗議或不滿，況且什麼都不做也會坐立難安。

「反正，我已經決定好答案了。」

拜託以這樣解決吧！

「在朋德莉搬遷的目的地，開設『陪人玩遊戲的店』！」

別西卜與朋德莉都不停眨眼睛。

光是這樣不容易理解，因次我再追加說明。

「朋德莉，妳想和大家玩遊戲吧？」

「大多數遊戲都必須好幾人才能玩呢……像這次這麼多人玩，真的很白熱化喔。」

「然後呢，這是我的猜測，但魔族領地絕對也有許多湊不齊玩咖的人。所以只要做起生意，收錢陪別人玩遊戲不就好了？這樣就能邊玩遊戲邊工作啦。」

「亞梓莎啊，這能算是工作嗎……？總覺得也太美好了……」

「即使生意做不成，也只是沒收入而已。個體戶有可能賺不到錢，但是朋德莉不吃東西也不會死，所以沒有問題吧？」

「啊，對了！在法律上的確算是做生意！這樣或許可以喔！」

朋德莉的表情開朗許多。起了作用呢。

「原來如此！只要許多遊玩的需求上門，就能收錢玩遊戲了！若完全沒有需求就可以不用工作！不論怎麼樣都有利！」

「沒錯！這樣妳也沒問題了吧！」

可能因為熬夜的關係，我的頭腦也莫名地興奮。腦子裡可能分泌了什麼。耶～！

「所以說，別西卜，怎麼樣？」

「唔……唔唔唔……」

由於別西卜是官僚，似乎還有無法接受的部分——

「好啦～！知道了，知道了！小女子會試著申請看看！不過妳可要確實提出開業申請！可不能自稱『陪人玩遊戲的店』哪！」

好！這樣問題就解決了！

「非常感謝妳，亞梓莎小姐！」

朋德莉不停低頭致謝。

「沒關係，沒關係。在范澤爾德城邑也要保重啊。」

「啊，可是搬家超級麻煩耶……」

朋德莉的視線望向其他人。

「這點小事妳自己處理吧！」

◇

我收取別西卜支付的協助調查費，回到高原之家。

由於熬夜，回家後先狂睡再說。附帶一提，協助調查費都用於——

「那麼，法露法現在要使用防禦牌～♪」

「不會讓妳阻擋的！我要再打一張強化攻擊力牌！」

「那張牌，夏露夏打出禁止發動的卡牌阻止。」

沒錯，用於購買各種在家裡也可以遊玩的卡牌遊戲與桌上遊戲。

目前在玩的是二對二的卡牌遊戲，兩個女兒與我和哈爾卡菈對戰。

「師傅大人，趁現在追加使用強化攻擊力卡牌吧！」

「欸～可是女兒的合作攻勢很不錯，還是算了啦。」

「不行，師傅大人！不可以對敵人手下留情！否則遊戲就玩不下去了！」

兩個女兒似乎特別起勁，最近一有空閒時間就找遊戲玩。

可能再過不久，就得規定一天最多只能玩一小時遊戲了……

附錄

壯烈！旅館球技！

「呼，真是極樂仙境啊～」

邊浸泡在露天浴池內，我『呼啊～』一聲吁氣。

我們全家都泡在萊卡故鄉的火山溫泉內。

雖然不確定這個世界究竟有多少溫泉，但至少這座火山有幾間溫泉旅館，而且幾乎都有露天澡堂。

機會難得，每一次前來都住在不同旅館。反正又不是有幾十間，很快就會進入第二輪，應該有機會找到自己偏好的旅館。

「亞梓莎大人，極樂是什麼意思呢？」

萊卡主動發問。對了，這個詞她聽不懂呢。

「這個啊，就是像天堂一樣。意思是快樂達到極致的場所。」

「原來如此！學到了一課呢。亞梓莎大人果然知識淵博。」

只要曾經是日本人，任誰都知道這個詞，聽到她的誇獎總覺得有些心虛。

She continued destroy slime for 300 years

「與其說天國，這裡根本是地獄……」

芙拉托緹的身子趴在露天澡堂的浴池外一動也不動。

藍龍似乎對熱沒什麼抵抗力，一下子就離開浴池。目前正讓哈爾卡菈在她身上淋水。

「芙拉托緹小姐，剛剛才泡了大約十五秒吧？再怎麼說也太快泡暈了……」

「嗯，等身體調整好後，我會再次挑戰……」

「唔唔，身體無力……」

畢竟因人而異，總有人不擅長泡澡吧。雖然泉水應該沒那麼燙。

附帶一提，兩個女兒並沒有嘩啦嘩啦游泳，做出常見的不禮貌舉動，靜靜地泡著。她們似乎也喜歡寬闊的浴池。

「哈爾卡菈，芙拉托緹已經沒事，妳也可以來泡了。」

「是嗎？那我就不客氣囉。」

哈爾卡菈再度回到浴池。

胸部穩穩漂浮在熱水上。

唔唔……精靈總給人纖細苗條的印象，但哈爾卡菈的那對胸部到底是怎麼回事……

「哈爾卡菈姊姊，胸部真的好大喔！」

「哈爾卡菈小姐，是從何時長得這麼大呢？」
啊，連兩個女兒都產生了興趣！這問題明明連我都沒問過耶……
「很大嗎？話說回來，故鄉有種樹果含有讓胸部變大的成分，我以前經常吃呢。應該是那個緣故吧～」
剛才這句話可不能充耳不聞。
「哈爾卡菈，下次我們去摘那些樹果吧！」
「咦!?真的要去嗎，師傅大人？」
「當然是真的啊！既然狩獵史萊姆三百年都能變強，只要吃那些樹果三十年，肯定也會有驚人的效果！」
——這些話題先擱在一旁。
「唔～好棒的溫泉呢～」
離開澡堂的我們換好衣服，走出脫衣處。
附帶一提，剛泡好澡後穿的不是平時的衣服，而是浴袍。
那麼，雖然沒有芙拉托緹那麼誇張，還是找個地方涼快一下身子吧。不過這座溫泉位於火山，因此連澡堂外頭也很熱。
然後，走出脫衣處的左手邊有扇寫了「遊戲場」的門映入眼簾。

哈爾卡菈
亞梓莎

「遊戲場？該不會設置了電玩之類吧。」
偏僻的溫泉旅館經常設置老舊的射擊遊戲呢，難道這裡也設置了類似的東西嗎？再怎麼說也不會有遊戲機臺吧。
「遊戲？好期待，好期待喔！」
法露法迅速打開門。
映入眼簾的當然不是遊戲機，卻是似曾相識的東西。
拉起球網的球臺。
這該不會是……
「噢，是名叫捉球的運動臺呢。」
「果然是桌球！」
「捉球在龍族中也是相當知名的運動，藍龍也經常打呢。」
芙拉托緹也加以說明。雖然不知為何，但龍族之間肯定有在打桌球。
「亞梓莎大人與各位可能不知道，在此介紹規則。將中間有空洞的乒乓果實當成球，雙方手持球拍互相打擊。此外，發球時需在自己的球臺區彈跳一次，才能朝對手的球臺——」
「噢，嗯，我大致上明白。甚至可以說曾經打過。」
與桌球的規則相當一致。不知道是否完全符合世界大賽之類，但基本部分完全一樣。
「既然亞梓莎大人似乎也知道，機會難得，要不要試試看？而且球拍與球都放在籃子裡呢。」
萊卡端來置於房間角落的桌球用具（乾脆直呼桌球吧）。
「好，來打吧！提到溫泉就想到桌球呢！」
「不是的，亞梓莎大人。是叫捉球。」
即使被她糾正，我依然堅持叫桌球。
連球拍與桌球拍都一模一樣，上頭完整貼著類似橡皮的東西。只不過，球拍似乎只有兩面式的。

首先由我與萊卡一較高下。
「萊卡，我不會輸的喔！就讓妳見識一下何謂家長的威嚴吧！」
一開始是萊卡發球。
別看我這樣，以前也加入過以目的是打溫泉桌球的桌球社團「輕飄飄」，因為球的軌跡呈現輕飄飄的山形狀而得名。
連自稱打過桌球都嫌厚臉皮，卻並非初學者。
只見萊卡輕輕將球往上一拋，然後球穩穩飛向我的球臺區。

我也看準後以球拍去接。

「嘿！」

可是，球卻不知道飛往哪裡，掉落在球臺的遙遠彼端。

「哎呀……相當困難呢……」

「吾人先馳得點了呢。那麼，就繼續進行吧。」

球再度飛來，我也揮出球拍。

這次球則是一下子碰到球網。

「……欸，萊卡，妳在球上施加了旋轉吧。」

「是的，發球時施加旋轉是基本戰術。」

萊卡露出理所當然的表情表示。

不會吧？溫泉桌球這麼硬核會不會太賊了？

難道不就是彼此打著飛在空中的球嗎？

附帶一提我可不會這一招。

「亞梓莎大人可能有什麼誤會，但吾人並未放水。因為這對對手很失禮。」

今天她依然自我感覺良好，不過溫泉桌球用不著這麼認真吧……

「沒辦法，我也得回應萊卡才行呢。」

1-11

結果我輸得徹徹底底。

因為對手在掌握發球權時穩穩得分，這實在無可奈何。就算運氣好進入對方的球臺，也由於彈得太高而遭到啪一聲快速回擊……

在我發球時也全都因為反彈過高，被毫不留情強力殺球。

想起別西卜在朋德莉那邊也拿出真本事玩遊戲。利用頭腦的遊戲確實不應該放水，但是運動沒讓一點分不就很難比下去了嗎……？

「來，歡迎其他想打的人。」

總覺得萊卡好像十分開心。這樣很幼稚喔！雖然她的身材本來就偏幼。

之後，法露法與夏露夏接著挑戰，但她們似乎連規則都不清楚，一分也沒得到而落敗。

連身為幽靈，原理上無法泡溫泉的羅莎莉也輕易敗陣。應該說，她還無法靈活操縱球拍擊球，實在沒辦法。光是能上場打就很想稱讚她了。

哈爾卡菈也是初學者，實力不強，但另外還有更大的問題。

運動的時候眼看胸部快蹦出來，中途我喊停了好幾次。

「停下來，停下來！有礙觀瞻！畢竟無法保證不會有男性顧客進入……關於這方面，拜託再稍微謹慎一點喔……」

「不好意思，胸部妨礙導致很難揮動球拍。」

我以極為個人的情緒感到光火。

結果一直由萊卡獨贏。

好像只有一個桌球社的混在其中，感覺好滑頭。

「那麼，吾人也差不多該換別人了。」

「等等！妳還沒和我芙拉托緹一較高下！」

芙拉托緹伸出右手，主動挑戰。

「好吧。不如說，原本以為妳會立刻上前挑戰呢。」

「這是先讓其他人挑戰妳，等妳消耗體力的戰術。」

連芙拉托緹都這麼滑頭！

「不好意思，想回擊吾人能施加任何旋轉的發球是不可能的。」

「那就來試試看啊，芙拉托緹可是有密技呢。」

有密技是否屬實姑且不論，可以肯定芙拉托緹充滿了幹勁。

「要上囉！」

萊卡再度高高拋起球，以球拍摩擦。

這次究竟施加了什麼樣的旋轉呢！

然後，芙拉托緹面對發球，

「唔噢噢噢噢！接招吧！」

以殺球使勁回擊到萊卡的球臺上！

力道強得連萊卡也無法出手，想不到由芙拉托緹先馳得點！

「噢噢！好厲害！」「芙拉托緹小姐，好厲害！」「渾身解數的一擊。」

我和兩個女兒幾乎同時呼喊！

「原、原來如此！只要施加超越旋轉的旋轉回擊，就能應對發球了！」

哈爾卡菈說出很像解說角色的發言，不過這番解說很清楚。

「芙拉托緹不明白什麼旋轉。但是，只要揮動球拍就會自然產生旋轉，看我以自己的旋轉壓過萊卡的旋轉！」

聽起來像是單純的蠻力，但既然發揮效果就無妨。

「真有一套呢。不過，吾人也還能繼續打，該不會以為吾人只想靠發球贏吧？」

啊，萊卡的眼神變了。

看來會演變成相當激烈的對戰喔……

「來啊，有本事儘管放馬過來！」

之後，兩人的比賽陷入大混戰。

雖然不太清楚芙拉托緹靠的是技術還是衝勁，但她確實回擊了萊卡的發球。

當然，萊卡並未立刻手足無措，加以對應。

芙拉托緹同樣以進攻姿勢，毫不退讓回擊。

愈來愈壯烈了耶……

芙拉托緹的攻擊雖然經常失敗，變成萊卡的分數，但只要一進入球臺區，連萊卡的防線都屢屢被攻破。

比賽難分難解到末盤。

16—16

連平分都難以分出勝負。

比賽結果究竟會如何呢……？

我們都緊張不已，在一旁注視賽況。

「萊卡小姐臉頰上流下一開始沒有見到的汗水呢，可能體力快到了極限也說不定。」

哈爾卡菈的解說員身分，愈來愈有模有樣了……

「哈爾卡菈姊姊，這麼說來芙拉托緹姊姊比較有利嗎？」

「法露法妹妹，問題沒有這麼簡單喔。這裡是火山溫泉，氣溫也很高，長期戰對藍龍芙拉托緹小姐也很不利。實際上，隨著比賽進入後半，她的失誤也開始增加了。」

理應從未接觸過這種競技的哈爾卡菈，為何能如此準確說明是個謎。雖然關心比賽，但也對這一點愈來愈在意……

「這場勝負，差不多快揭曉了呢。」

解說員哈爾卡菈的意見化為現實。

「欸，萊卡，不要比誰先獲得兩分，改成先獲得下一分的人贏怎麼樣？」

就在下一次發球權輪到萊卡時，芙拉托緹如此提議。

「真的嗎？後悔吾人可不管喔。」

「要不要接受的決定權在妳手上。」

萊卡緩緩點了點頭。

一點頭，汗水就再次滴落在地上。

「好吧，就以下一次發球定勝負。」

「哼，看我回擊妳的發球！」

這時候，萊卡咧嘴一笑。

「其實吾人還有一種迄今尚未使用過的發球喔。」

「不論什麼發球，我芙拉托緹都會華麗地回擊！就算妳的技術比較強。但我的直覺可不會輸妳！」

戰況愈來愈火熱了喔，這種氣氛根本不是溫泉桌球……

「技術VS.直覺，龍族的自尊相互衝突。那麼，最後會以何種發球開局呢!?」

「哈爾卡菈小姐，依照常識思考，目前是能使用新技術的萊卡小姐比較有利。這一點妳怎麼看？」

「不，到這種地步已經是氣魄與氣魄的較量了，無法得知會發生多少效果。只靠技巧的發球會被芙拉托緹小姐的力量壓制喔！」

我突然好想看桌球或網球漫畫，總之什麼運動漫畫都好。很可惜這個世界裡沒有。

「那麼，就以這次發球決勝負吧！絕對讓妳連接都接不到！」

「不用廢話了，趕快發球吧！」

球緩緩被拋向空中。

這是萊卡至今從未展現過的動作。

彷彿劈裂球般縱向手持球拍。

「好，接招吧！」

然後，萊卡高速揮動球拍！

結果沒有碰到球，直接揮拍落空。

球咕咚一聲掉落。

芙拉托緹擺出勝利姿勢開心不已。雖然還留有幾分疙瘩，但的確是贏了。

「我、我……我贏啦！」

「贏了紅龍啦！我贏了紅龍啦！」

即使理論上沒錯，但這種說法總覺得意思聽起來就不一樣！

「等、等一下！這種分勝負的方式感覺很差，還是應該正常地比誰先得兩分！」

萊卡終於開始幼稚了！

「啊～？我芙拉托緹已經確定贏了。早就沒必要比啦！」

芙拉托緹使勁露出得意的表情。今天儘管表情得意沒關係，整場比賽都非常精采。

「那、那就，再比一場！再讓吾人比一場吧！」

依萊卡的個性果然非常不服輸！真的好會鑽牛角尖。

「才不要，不如說我再也不和妳比賽了。這麼一來就會永遠留下我芙拉托緹勝利的紀錄！」

而且，連芙拉托緹都在這種地方耍賴！

之後由於兩人都流了超多汗，決定全家再泡一次溫泉。

連在溫泉內，萊卡都向芙拉托緹要求再戰。

「妳到底還要糾纏多久啊！這種事情有什麼好糾結的！」

「拜託嘛！吾人感到很不甘心！」

下一次選沒有桌球桌的旅館吧……

我浸泡在溫泉裡，同時如此發誓。

附錄

羅莎莉，卡在牆壁裡

She continued destroy slime for 300 years

早上，家人一如往常往飯廳聚集。

今天輪到哈爾卡菈值日，因此整體上蔬菜量較多。

在菜色方面，會顯現下廚者的個性。萊卡的蛋料理比例偏高，芙拉托緹則從一大早就端出濃郁的肉類料理。

輪到我的時候菜色應該比較均衡，實際上卻不得而知。

至少比以前當社畜的時代，喝柳橙汁就搞定！這種別說女子力男子力，連稱之為人類力都有問題的早餐好多了。

「咦，今天沒看到羅莎莉小姐呢。」

一邊仰望天花板的哈爾卡菈表示。

雖然身為幽靈什麼也不用吃，但大多數情況下，羅莎莉的確會在天花板附近飄盪。畢竟這才叫一家團圓啊。

「睡眠不足嗎？不過，那孩子好像沒什麼睡眠的概念吧。」

由於已經不在人世，羅莎莉一直過著沒有俗稱三大慾望的生活。如果身為幽靈還忍不住想吃什麼東西，也與地獄無異，這一點倒是滿合理的。

我試著呼喚她。

「羅莎莉，妳在哪裡？」

聽起來好像在叫飼養的貓，但羅莎莉的行蹤比貓還要捉摸不定。

結果完全沒有反應。

天花板與腳下都不見蹤影。

連一樓房間，以及萊卡增建的木屋側寬廣的共用空間都探頭看過，但還是不在。

如果都不在，就讓人在意了……

我前往羅莎莉寢室的二樓房間。由於羅莎莉不存在走樓梯這種麻煩，才讓她使用二樓。

喀嚓一聲打開門，果然還是沒有羅莎莉的蹤影。

頂多只有貓狗布偶等私人物品。羅莎莉喜歡布偶，所以會將給她的零用錢之類存起來，偶爾購買。

「咦？如果連這裡都不在，那她究竟去哪裡了呢……雖然她的確能去弗拉塔村或納斯庫堤鎮等地……」

然後，在我即將離開房間時，

「大姊，大姊！在這裡！」

傳出羅莎莉的聲音。

可是，與平常有些不太一樣。

總覺得聲音聽起來有些模糊。

而且依然無法確認羅莎莉的蹤影。

「欸，羅莎莉，妳到底在哪裡？就算妳說在這裡我也不知道啊。」

可以確定就在附近吧，我左顧右盼環顧房間。

然後我發現到。

牆壁有一處，木紋的部分看起來像嚇死人的人臉。

「呀——！怪物！還是驚悚系的怪物！」

其實事到如今，我早就不怕魔物或妖精之類了。畢竟魔族還經常造訪這個家。

即便如此，我依然對這種靈異現象毫無抵抗力！會全身起雞皮疙瘩！

得逃跑才行！得趕快逃跑才行！

「大姊，就是那裡！是我啦！」

羅莎莉的聲音再度響起，而且似乎是從牆壁傳來的……

「拜託！不要嚇我好嗎！妳是羅莎莉吧!?」

「對……因為發生了一點小意外……」

羅莎莉一卡在牆壁內，該處看起來就像恐怖的人臉嗎？難道這也是幽靈的力量……？

「總之，馬上出來吧。這樣對心臟很不好。」

「這個……我沒辦法從牆壁出來……」

從牆壁傳出難為情的聲音。

「咦？對幽靈而言，穿牆這點小事應該易如反掌吧？」

「其實，我剛才在牆壁裡發了一陣子呆。結果不知不覺，就卡在牆壁無法動彈了……」

原來還有可能發生這種異常事態喔。可是，事實上就是發生了……

我一個人完全想不到應對方法，因此召集家人（另外，哈爾卡菈已經去工廠上班了）。

只不過，沒有人能立刻想到解決方法。

再怎麼說這種例子都太罕見了，而且也沒有當過幽靈的經驗。

夏露夏從房間抱來辭典，查詢詞彙。

雖然不認為這樣有用，但是以教育而言立刻打回票並不好，因此我從旁注視。

「查到了古語中有『卡在牆壁裡』這種慣用形容詞。」

「哦，話說這是什麼意思？」
該不會在古代是經常發生的現象吧？畢竟幽靈本身一直都存在。
「意思是──已經無計可施。束手無策。只能放棄的狀態。」
「那就慘啦！」
天啊，結果居然讓女兒說出沒有希望……
「既然是吾人打造的家，雖然多少有些可惜，但要不要破壞這面牆的部分呢？或許羅莎莉小姐就能出來了。」
萊卡提出聽起來很龍族的積極方案。
在我開口前，羅莎莉搶先表達抗拒：「很可怕拜託不要！可能會跟著化為粉末！」
我也無法保證絕對沒有這種風險，因此同意羅莎莉。
「這樣的話，如果再度發呆的話，該不會就脫離了吧？芙拉托緹就是這樣走過來的喔。」
芙拉托緹的提議聽起來偏差值好低喔……
不過，在大家遺忘之際『咻』一下脫離倒也不無可能。像是難開的瓶子過一段時間再度挑戰的話，反而穩穩地打開呢。
「話說回來，羅莎莉，妳現在有什麼感覺？」
「真要說的話……是虛無呢。」

結果得到難以形容，很宗教的回答。

「雖然已經死了這麼久，但覺得特別空虛。該說是徒勞感呢，還是虛無感呢……好想趕快脫離……」

看來不能置之不理呢。

「好！讓法露法將姊姊推出來吧！」

法露法進一步捲起原本就露出手臂的衣服——

然後緩緩深呼吸——

碰！使勁撞上木牆！

嗚哇！居然這麼拚喔！

至於結果呢，

「嗚嗚～！好痛，好痛喔～！手麻掉了啦～！」

雖然早就預料到，只有法露法受傷而已。

「天啊，法露法，做事不可以這麼瞻前不顧後喔。」

畢竟她還小，希望她能注意到這一點。我看了看法露法的手臂。

「沒有流血吧？沒流血吧。太好了，太好了。」

然後我撫摸法露法的手臂。

「好，痛痛，痛痛飛走吧～！飛走吧！」

「啊，媽媽好厲害喔。感覺痛痛真的緩和了耶！媽媽好像魔法師呢！」

畢竟我也是有三百年歷史的魔女呢。

先不論有沒有實際效果，既然法露法不再哭泣，就當作ＯＫ吧。

——就在這時候，我想到一個點子。

我不疾不徐站在羅莎莉（目前可能卡著的牆壁）前方。

緩緩以右手窸窸窣窣，窸窸窣窣，撫摸牆壁。

「啊哈哈！哈哈哈哈哈！別這樣，大姊！好癢喔！」

聲音從牆壁傳回來。

有效呢。

只是，不知道這樣能不能脫離。

「話說回來，我想起以前完全沒有摸過這面牆壁呢。如果與牆壁化為一體，那麼撫摸牆壁的話可能會感到癢吧～之類。」

嘴上一邊說，同時我並未停手，繼續撫摸牆壁。

光看這一幕可能會覺得有點變態，但我可是非常認真地摸。

「呀哈！呼嘻嘻嘻……啊哈哈哈哈……別摸了，別摸了！快死了……！」

「沒關係！反正妳已經死掉了！」

要說反應的確有。而且，效果也愈來愈強烈。

這麼一來，徹底撫摸該不會就能離開牆壁了？

如果還是出不來，到時候再說吧！反正完全沒有任何損失！

「大家，一起來撫摸牆壁！當作在搔牆壁的癢一樣！」

兩個女兒與萊卡、芙拉托緹排排站，開始窸窸窣窣撫摸牆壁。

「哇啊啊哈啊啊啊啊啊啊！嘩哈哈哈哈！不行，好難受！根本地獄，地獄！嗚咿！嗚哇！」

羅莎莉的確爆笑不已。快，出來吧！

「不行啦！」

然後，羅莎莉突然從牆壁穿出來。

明明是幽靈卻淚眼汪汪，看來剛才相當癢吧。

「真是的！大家做得太過火了！頭一次接受那種拷問呢！」

「不過，逃脫倒是成功了吧？」

羅莎莉左顧右盼自己的所在位置。

「啊，真的耶……想不到，會是以這種方法……」

就這樣，羅莎莉卡在牆壁內的事件圓滿解決，之後羅莎莉再也不在牆壁裡發呆了。

大家也要小心一點，別卡在牆壁裡囉。

附錄

萊卡感冒了

早上起床後，發現早飯沒有準備好。

確認有沒有忘記輪到自己值日，卻發現不是。還以為哈爾卡菈在睡前喝了點酒之類導致睡過頭（以前也發生過同樣的事），但也不是輪到哈爾卡菈。

嗯。沒錯，是輪到萊卡。

咚咚，咚咚，我敲了敲萊卡房間的門。

過了一段時間後，一身新奇睡衣的萊卡才砰的一聲奪門而出。

「非常抱歉，亞梓莎大人！吾人現在立刻準備！」

看她的模樣似乎睡過頭了。

雖然對萊卡而言很難得，不過呢，只要人活著總會睡過頭。反正又不是上班遲到，沒什麼大問題。

「啊，不用急著沒關係。反正除了我以外大家都還沒起床，慢慢準備吧。」

「不行！這種懶散與怠惰日積月累，會導致生活紊亂！吾人現在就開始準備！」

She continued destroy slime for 300 years

依然穿著睡衣的萊卡，站在廚房切火腿，打蛋，開始調理。

一旦這樣後，她也不會聽我的話，因此我看本魔法書之類靜待。

「好了！雖然只是在火腿與蛋上淋番茄醬而已！」

「啊，即使是簡單的料理，但法露法與夏露夏一定會很開心的。」

女兒年紀都還小，因此喜歡以番茄醬增添甜味的料理。

「那麼我就享用一番啦。」

「非常抱歉讓您久候了！」

嗯，感覺又過於老實了呢。

畢竟是基於個性，應該很難大幅改變，不過該說還是會說。

「萊卡，我不是顧客，所以不用那麼拘謹沒關係，可以再試著緩和一點。俗話說柔能克剛喔。」

「可、可是，這與值日睡過頭的意義又、哈、哈、哈……」

這時候，萊卡的嘴張成奇怪的形狀。一瞬間以為她的表情變得真怪，下一秒——

「哈啾————————啾！！！！！」

打了一個帶有巨響與風暴的噴嚏。

連我原本要開動的盤子都差點吹跑，我勉強接住了盤子。由於料理散落在餐桌上，我以三秒法則迅速重新抓回盤子內。

這件事先擱在一邊。

「我說啊，萊卡，該不會睡過頭的原因，是感冒的關係吧？」

看到如此猛烈的噴嚏，誰都會這麼想。

唯一慶幸的是沒有從嘴裡噴出火來。

「不，這點程度，只是體況有點不佳……哈、哈、哈……」

挨了剛才那一下噴嚏，我也活用經驗，迅速接近萊卡，伸手摀住她的嘴。好不容易才趕上。

「唔唔唔……」

啊，一直摀著會呼吸困難吧。我迅速鬆開手。

「不、不好意思，亞梓莎大人……」

「別亂動。我幫妳量量額頭的溫度。」

我伸手貼在萊卡的額頭上。

「好燙！整個額頭都發熱耶！不如說溫度太高了！高溫到連活著都很不可思議吧……？」

以感覺形容，就像端著裝了熱茶的杯子一樣。

「應該因為吾人是紅龍族的關係……原本體溫就很高……」

原來如此。應該依照龍的標準，而不是人類嗎？

即便如此，也可以肯定她罹患了感冒。

「萊卡，回到房間躺吧。由我來準備大家的早餐。」

「可、可是……」

我伸手以公主抱抱起萊卡。

「我最討厭弄壞身體的人，不顧性命地工作了。病情惡化會有生命危險，也很沒效率，如果班表讓病人無法休息就是排班表的人無能！所以，快去睡！」

然後我強制將萊卡抱到床上去。

以利用冰塊或冷水冷卻的毛巾敷在額頭上，可是馬上就乾了。果然很高溫……

「保險起見我先問一下，不是什麼只有龍族會罹患、攸關性命的疾病吧？」

「龍族身體很硬朗，所以沒有這種疾病……哈啾，這應該是睡覺時著涼……因為高原比火山等地還要冷……」

對我而言，高原的空氣既清爽又舒服，不過這方面的感想可能與萊卡又不一樣。

「那麼今天就好好休息吧，等身體康復了再來做家事。如果勉強自己下床，將感冒傳給其他家人的話我會真的生氣喔。萊卡現在的任務是治好感冒。知道吧！」

如果不先嚴加叮囑她休息，她肯定又會下床。

要讓她撒嬌，先等睡醒再說，況且我也得代替萊卡的工作。

向起床的夏露夏打聽萊卡的症狀後，得到龍感冒這種命名方式非常直白的病名。

「雖然並不嚴重，卻會造成打噴嚏飈跑東西等損害。」

「我剛才經驗過了。那就是典型的囉。」

這麼一來，只要好好治療就行了。

「師傅大人，這時候要不要試試看『營養酒』呢？」

「不行！這會進一步造成想工作的氣氛，所以不行！」

哈爾卡菈的提議先打了回票。

話雖如此，她畢竟具備藥物知識，就拜託她幫忙吧。

「哈爾卡菈，今天能休假別去工廠嗎？」

「可以。反正我是社長，要調整並不難。」

「去摘幾種草藥來。這段期間內，我負責照料她。」

這種時候更要家人協力合作，度過難關。

「芙拉托緹製作冰塊。羅莎莉、法露法與夏露夏代替萊卡幫忙打掃。」

工作暫時分配完畢，於是我貫徹看病的工作。

萊卡的額頭還是一樣高溫，似乎是重症，但似乎還是感冒。房間也因為熱氣影響而悶熱難耐，不過感冒的時候就該流汗，這樣應該無妨。

若要說有什麼需注意的地方，就是避免因流汗導致睡覺時著涼。

「來，換衣服囉，萊卡。」

「真、真對不起，亞梓莎大人……」

我大約每隔兩小時幫萊卡脫衣服，換上新的。

由於她流得汗比人類多很多，照料必須確實。

「更何況這種感冒一天就會痊癒，請師傅不要為吾人擔心……」

「唔。那正好呢。」

我露出有些得意的表情表示。

「今天就盡量撒嬌吧。萊卡，畢竟妳凡事都獨自承擔呢。」

由於發熱，萊卡的臉原本就很紅，但現在好像變得更紅。

「吾人知道了……」

以前我就知道萊卡實際上很會撒嬌。但是透過教育培養的堅強者特質隱藏了這一點。這就像上班族嚷著「媽媽～好擠喔～！」不想搭通勤電車一樣，人無論如何都會被迫堅強。

可是，一個人如果只有堅強就會顯得死板。

一直鼓脹的氣球會破裂，需要洩除空氣的作業。
照顧之下，萊卡沉沉進入夢鄉。既然沒有夢囈，代表逐漸恢復了吧。
不過這時候，夢話吐露了這個字。
「姊姊……」
姊姊已經嫁出去了呢。之前雖然也說過，但我得代替姊姊的角色才行。
為了妹妹我頗為努力工作……連我自己都開始想睡了。
坐在床上，睡五分鐘應該沒關係吧。嗯，睡五分鐘沒關係……

察覺到有人撫摸我的頭，我醒了過來。
在床上坐起身子的萊卡在撫摸我的頭。
「啊！亞梓莎大人……您醒了嗎！」
我一睜開眼睛，萊卡跟著嚇了一跳，準備從床上起身。
「抱歉喔，在照料的途中睡著了嗎？希望沒有造成麻煩。」
「完全沒有問題。感謝師傅的照料，吾人似乎也退燒了。」
「是嗎，都多虧了姊姊照料呢。」
我刻意強調姊姊這兩個字。
萊卡以右手輕摀嘴角。看她耳朵通紅，應該是感到害羞吧。

「蕾拉姊姊結婚後，就少了能撒嬌的對象吧。從蕾拉姊姊結婚的那一天起就決定，由我代替蕾拉姊姊的角色。當天不是還讓妳躺在大腿上嗎？」

「是、是的……吾人記得很清楚……」

萊卡的腦海似乎還留有記憶，拘謹地點了點頭。

「今後萊卡依然可以盡情當妹妹。成長不代表不能撒嬌，想撒嬌就儘管來吧。不然就換我主動撒嬌囉。」

「原來，成長與拋棄天真是不一樣的……這番話好有分量呢。之後吾人會記下來。」

這是打算以拘泥形式的話逃避吧。

不過也無妨，我的心情應該已經傳達給她了，畢竟她是妹妹嘛。

雖然迷迷糊糊，但好像被溫柔撫摸頭髮好幾次。

「可是，為什麼是我被撫摸呢？」

只見萊卡一臉難以啟齒地別過臉。

咦，問題有這麼嚴重嗎？

「這個……睡著的亞梓莎大人好可愛……簡直就像妹妹一樣呢……」

依然別過臉去的萊卡這麼說。

「以為扮演姊姊結果被當妹妹!?」

怎麼回事啊。這不是與原本的目標大相逕庭嗎！

「當然，平時的亞梓莎大人就像姊姊大……姊姊一樣。不過，該說睡相比想像中更加稚幼呢……還是睡著的時候看起來更年輕呢……或者照料時累到睡著，的確很像妹妹呢……」

這樣根本不算護航吧！

難道以姊姊自居的只有我而已嗎？是自我滿足嗎……？

「對不起！亞梓莎大人終究像姊姊一樣！吾人並沒有那麼覺得像妹妹！」

意思是偶爾會這麼想喔。

「那麼，下次如果我感冒的話，要像姊姊一樣照料喔，萊卡姊姊。」

「拜託別挖苦吾人好嗎，亞梓莎大人！」

「萊卡姊姊，對妹妹可以不必使用敬語喔？」

「拜託您，別再這樣逗吾人了啦！」

之後，我以哈爾卡菈採回來的草藥製作苦藥讓萊卡服用後，感冒就完全康復了。

完

© Benio

後記

好久不見了，我是春田季節！

緊接著第二集有許多必須告知各位的資訊，因此先向各位報告！

首先，是決定推出廣播劇ＣＤ囉！拍手～！

雖然角色聲優之類尚未決定，不過已經確定發售日期了。是明年一月！也就是半年後呢。希望各位讀者能耐心、悠哉地等待喔！

此外，本作品的角色人數異常地多，除非森田成為石油大王當金主，否則實在沒辦法讓所有角色都有機會登場。因此場景會選擇第二集開頭，類似祭典後日談之類的形式製作。

接著，是漫畫化開始在Gan Gan GA的連載囉！

敬請各位讀者徜徉在由シバユウスケ老師描繪，亞梓莎的世界吧！作者也非常期待，今後會有什麼樣的發展喔。

畢竟シバ老師的前一部漫畫也正好是魔女喜劇呢。以《狩獵史萊姆三百年～》的漫畫化而言，真是堪稱完美的人選。

另外，在連載漫畫化的 Gan Gan GA 上，還要同時開始別西卜的外傳小說喔！目前開始日期尚未定案，但應該會在本書出版之前不久，或是出版後沒多久開始吧。

應該不需要說也知道，《狩獵史萊姆三百年～》是以主角亞梓莎的第一人稱視角撰寫。

因此無法表現亞梓莎不在的環境下，角色們都在做什麼呢。

而正巧有個好機會，就決定聚焦在長時間擔任魔族農業大臣，亦即位階類似農林水產大臣的別西卜人生。因為依照常識，在當上大臣之前肯定經歷過不少風雨吧……

在本篇故事幾乎不會提到的別西卜，以及她的屬下法托菈、瓦妮雅兩位利維坦族，目前正在考慮深掘這幾個角色的故事。

關於連載，預定一個月連載兩次（Gan Gan GA 一般的更新速度。因此，一次的篇幅是在「成為小說家吧！」連載本篇的四倍左右）。

這邊也請各位多多指教！

Gan Gan GA 的網址就貼在這裡囉！

http://www.ganganonline.com/contents/slime/

好的，終於要提到第三集的相關內容囉！

話雖如此，對已經看完的讀者而言可能沒什麼意義……

第三集大幅增加新角色。有芙拉托緹（雖然已經登場，但第三集有了插圖）、武史萊、艾諾、朋德莉。一列出來發現全都是問題分子……不過如果各位讀者也能喜愛這些孩子們，那就太好了。

第一集的時候已經寫過，本作品是以亞梓莎為中心的慢活故事。

亞梓莎過著屬於自己風格的慢活，不過一百個人應該就有一百種過慢活的方式。我希望能以各種角色表現各式各樣的慢活。

閱讀「成為小說家吧！」連載的讀者應該都知道，這類角色還會在各種地方頻繁出現，與亞梓莎和其他家人產生關聯。這個世界各式各樣的土地上有類似朋友的角色，我想描繪眾人寬鬆地相連的世界。

而且這一次，還收錄了三篇附錄短篇喔！希望各位讀者能見識在本篇見不到、角色的小小魅力喔！

然後，真的感謝再感謝賦予這麼多角色生命的紅緒老師。這一次連大頭插圖都引出角色的魅力，也讓人好開心呢！

尤其芙拉托緹散發傻女孩特有的可愛，真的非常棒喔。真想為了這樣的女孩不停製作炒飯或炒麵之類讓她享用呢（扭曲的慾望）。

此外，非常非常感謝購買第三集的各位讀者們。完全基於興趣撰寫推出的小說，能像這樣在各媒體上推出漫畫化、廣播劇ＣＤ不斷擴大，一言蔽之真的是幸運。而且，讓這一切化為可能的，也是購買本作品的各位讀者。非常感謝！

還有《織田信長這種神祕職業比魔法劍士還要作弊，因此決定建立王國》同時決定發售囉！是與狩獵史萊姆完全不一樣的戰記作品，希望各位讀者也能捧場喔！

那麼，我們在第四集再會囉！

森田季節

浮文字

持續狩獵史萊姆三百年，不知不覺就練到LV MAX（03）

（原名：スライム倒して300年、知らないうちにレベルMAXになってました3）

作者／森田季節　封面插畫／紅緒　譯者／陳冠安
發行人／黃鎮隆　總經理／陳君平
經理／洪琇菁　國際版權／黃令歡
執行編輯／呂尚燁　美術編輯／王羚靈
企劃宣傳／邱小祐
出版／城邦文化事業股份有限公司　尖端出版
台北市中山區民生東路二段一四一號十樓
電話：（〇二）二五〇〇七六〇〇　傳真：（〇二）二五〇〇二六八三
E-mail：7novels@mail2.spp.com.tw
發行／英屬蓋曼群島商家庭傳媒股份有限公司城邦分公司　尖端出版
台北市中山區民生東路二段一四一號十樓
電話：（〇二）二五〇〇－七六〇〇（代表號）
傳真：（〇二）二五〇〇－一九七九
中部以北經銷／楨彥有限公司
電話：（〇二）八九一九－三三六九
傳真：（〇二）八九一四－五五二四
雲嘉經銷／智豐圖書股份有限公司　嘉義公司
電話：（〇五）二三三－三八五二
傳真：（〇五）二三三－三八六三
南部經銷／智豐圖書股份有限公司　高雄公司
電話：（〇七）三七三－〇〇七九
傳真：（〇七）三七三－〇〇八七
一代匯集／香港九龍旺角塘尾道六十四號龍駒企業大廈十樓B＆D室
電話：（八五二）二七八三－八一〇二
傳真：（八五二）二七八二－一五二九
馬新總經銷／城邦（馬新）出版集團　Cite(M)Sdn.Bhd.
E-mail：Cite@cite.com.my
法律顧問／王子文律師　元禾法律事務所
台北市羅斯福路三段三十七號十五樓
二〇一九年一月一版一刷
二〇二一年六月一版三刷

■中文版■

郵購注意事項：
1. 填妥劃撥單資料：帳號：50003021戶名：英屬蓋曼群島商家庭傳媒(股)公司城邦分公司。2. 通信欄內註明訂購書名與冊數。3. 劃撥金額低於500元，請加附掛號郵資50元。如劃撥日起 10～14日，仍未收到書時，請洽劃撥組。劃撥專線TEL：(03) 312-4212 ・ FAX：(03) 322-4621。E-mail：marketing@spp.com.tw